秘蜜Ⅱ

CROSS NOVELS

いとう由貴
NOVEL: Yuki Ito

石田惠美
ILLUST: Megumi Ishida

contents

CROSS NOVELS

秘蜜 II

§序

久しぶりに玩具と遊びたい。

そんな欲望が頭をもたげるのは、相応にストレスが溜まっているということだ。

過度のストレスは早急に解消するに限る。それが、仕事に悪影響を及ぼさないひとつの方法でもある。

この春から、主計局主査となり、いよいよ実家からの結婚の話もうるさくなってきたこともストレスの一因であったかもしれない。

主計局主査ともなれば、一応のエリートコースで、将来の事務次官・財務官・国税庁長官レースでも、同期から頭ひとつ抜け出したポストになる。

それだけに、しっかりとした家庭を持てという圧力が強まるのだが、今のところはまだその気になれない。

遊び足りないということではないのだが……。


それよりも、今は玩具だ。

わたし——長谷川英一——が現在飼っている青年は、珍しく一年以上続いている玩具だった。昨年の春に見つけ、じっくりと熟成させ、夏に処女を奪い、夏の終わりには完全に支配下に置いた最高の羞恥奴隷だ。

もっとも、平凡な青年である彼には『奴隷』という言葉は刺激が強すぎたようで、『恋人』という言葉に置き変えて、可愛がってやっている。恋人だと思えば、どんなプレイでも受け入れてしまう彼は、本当に使い勝手のよい玩具だ。

ここ半月ばかりは仕事上で忙しく、かまってやれずにいたが、さて、どうしているか。

青年——高山佳樹——は幼馴染みとの共有奴隷でもあるから、わたしがかまえない間は、幼馴染み——香月季之——が適当に相手をしていただろうが、わたしのことも忘れてもらっては困る。

　久しぶりのセックスで躾け直すというシチュエーションも、いいものだろう。

　一年以上もわたしたちの共有奴隷であったというのに、佳樹の根底には常に初心(うぶ)なものが存在しており、それがわたしと季之の性的本能(リビドー)を刺激する。

　半月の空白は、わたしに対する佳樹の羞恥心をいっそう高めるだろう。肉体も——そこが佳樹のさらなる美点なのだが——馴染んだはずのわたしに対してある種の硬さを示し、それを強引に開いていくのがまた征服欲をそそる。再び、わたしの肉の形を佳樹の肉筒に教え込むのも楽しかった。

　通常の奴隷ならば『羞恥』の状態にじきに慣れ、さらなる刺激の上積みを求めてどんどん恥じらいを失くし、興醒(きょうざ)めするというのに、佳樹はどうしても良識というか常識というか、そういった類(たぐ)いのものが捨てきれないらしく、わたしと季之の性癖を満足させる。

　一年以上にわたる調教で、身体は淫らになりつつも、恥じらいはなくならない佳樹は、わたしたちの最高の羞恥奴隷であった。

　さて、久しぶりの今夜は、どうやって佳樹を鳴かせようか。その具合によっては、また一歩、関係を進める頃合いかもしれない——。

§一

　いつもの満員電車に駆け込み、高山佳樹は小さく息を吐いた。遅刻しないギリギリの時間というわけではなかったが、目の前に電車を見るとつい走ってしまうのは、人間の習性だろうか。

　そんな埒(らち)もないことを考えながら、佳樹はソロリと周囲に視線を走らせた。パッと見たところ、知っている人間は誰もいない。二人の恋人も。

そのことにホッとしながら、肉体の奥がゾクリと疼いたことにわずかに耳朶を赤くし、佳樹は俯いた。

そうしていると、ごく普通の二十代半ばのサラリーマンにしか見えない。着ているスーツも量販店の安物だし、顔立ちも特にこれといった特徴もない。サラリとした黒髪がやや女性受けしそうであったが、小動物を窺わせる気弱そうな目で減点だ。

結局のところ、どこにでもいるごく凡庸な青年だった。ただし、心の中はとても凡庸とは言い難かったが――。

満員電車の中でなにかを期待し、しかし、期待がはずれたことにホッとする自分に対して、佳樹の中では忸怩たる思いしかない。

自分は変態ではない。

と、いつもの言葉が心に浮かぶ。しかし、やっていることを思えば、それは虚しかった。

もう、一年半も前のことになる。一年半前の春、佳樹はここで二人の男に捕獲された。

夏の終わりには、二人は恋人らしきものになったが、二人の男を恋人にした時点で、アブノーマルの誹りは免れない。

しかも、その二人からされていることが問題であった。

最初に、その二人が佳樹に仕掛けたのは、電車内での痴漢であった。それも、ただ尻を撫でるだけではない行為だ。下着の中にまで手を入れられ、満員の車内でイかされた。

それを何度も、何度も繰り返され、尻穴までも嬲られ、ついにはローターを後孔に挿入された。

そうした行為が続いて、二人が名前を教えてくれたのは、いつ頃だったろうか。それでも佳樹が知ったのは、『英二』と『季之』という名前だけで、苗字も素性も知らないままであった。途中で苗字を知ることにはなったが、素性まで完全に教えてもらったのは、正式に付き合うようになってからだ。

名刺と共に教えられた素性は、予想以上に名家のもので、ごくごく平凡な生まれ育ちの佳樹としては、戸惑うしかなかった。

英一――長谷川英一は、財務系の名門の人間で、自身も財務省のキャリア官僚、家族もそれぞれ銀行や財務系シンクタンクの役員などを務めているエリート一家だ。

一方の季之――香月季之も、英一とはまた方向の違う名家で、茶道香月流宗家の次男になる。家元は兄が継ぐから気楽な身分だなどと言って、日々優雅に過ごしている男だ。

地方の大手製造メーカー勤務の父とパート勤めの母を持つ佳樹とは、えらい違いだ。普通ならば、まず知り合うことすらなかった人たちだろう。

それがこうして、曲がりなりにも『付き合う』ことになっているのは、不幸な偶然が重なった結果と、佳樹の中にある素質があった故……。

――どうして、こんなことになってしまったんだろう。

付き合うことになってから一年以上、それ以前からの関係を含めると一年半以上、濃厚な行為を続けさせられてきたというのに、まだいまさらな愚痴を洩（も）らしてしまうほど、佳樹の中で英一と季之という経歴・見かけ上は極上の男たちとの交際は、消化しきれないままであった。なぜなら。

――恥ずかしいことばかりされてるから、オレ……。

それこそが、二人を惹きつけた佳樹の資質であった。普通のセックスをされるよりも、異常な――有り体に言えば、人に見られるか見られないかのギリギリ、あるいは辱めを受けるような恥辱的な行為、そういったものにこそ佳樹は強い快感を得てしまうのだ。

そうして恥じらい、身もだえる佳樹に、英一も季之も悦（よろこ）ぶ。

いわば、需要と供給が嚙み合った関係なのだが、男であるのに同じ男に辱められる側の佳樹にはたまったものではない。

いろいろなことがあって受け入れてしまった関係ではあったが、それで心が晴れるというものでもなかった。特に、英一と季之が本心から『恋人』と認めてくれているか曖昧な現状では、佳樹としては複雑な心境のままだ。

――二人のことをどうこうは言えない。オレだって、二人のことを『恋人』と思えているかどうか……。

身体の相性が合っていることは、もう十二分に知らしめられている。その点に関して抗おうとは思わない。観念している。

けれど、恋心という意味ではどうだろうか。

英一と季之との関係は身体のほうが先行しすぎていて、佳樹の知る『恋』とはあまりに違いすぎる。

――身体から落とされる恋って……。

二人のことは嫌いではない。本心から嫌っていたら、こんな恥ずかしい関係は続けられないだろう……とは思う。思うけれど。

いつまでも、こんな関係が続くとも思えない。未来を想像するには、あまりにも異常な三人での行為だった。

――オレ、どうなっちゃうんだろう……。

ため息をつきつつ、佳樹は満員電車に揺られていた。


会社に着き、手際よく仕事をこなしていく。

佳樹は都内の中堅商社であるM商事で、営業を担当していた。M商事は主にオフィス機器などを扱う会社だ。

そこで佳樹は入社以来、そこそこ真面目だけれどどこか呑気な、少し大雑把なところのある社員で通っていたが、一年半前の事件以来、己の異常な性癖を気づかれてはいけないと、自分に厳しく働くようになっていた。

　異常な性体験がプラスに働くというのもおかしな話なのだが、佳樹としては妙なところから人に知られてはまずい性癖を隠したくて、しっかりせざるを得なかったからだ。

「A社への納入は無事にすみましたか？　よかった。それと、D社分ですが……え⁉　廃番になってる？　あー、まずいですね。すぐに先方に確認します。では」

　発注などの業務を行う部署との内線電話を切り、佳樹はD社の電話番号を探す。新しいロッカーの発注を請け負ったのだが、指定されたロッカーがすでに廃番になっていたらしい。

　――カタログを用意する時、確認したのになぁ。

　それでも、稀（まれ）にこういう洩れがあるのが怖いところだ。

　案の定、D社の担当者に謝罪したところ、嫌味をたっぷり言われてしまった。それに対して何度も謝りながら、佳樹はなんとか新しいカタログを持っていく予定を取りつける。

　他にもそういう約束や確認の電話を何本かかけ、各社への営業に出かける。

　複数社回り、戻ってきた時には五時近くになっていた。終業時間が近い。しかし、書類の処理をしなくては帰れない。

　――あー、今日も残業か。

　英一や季之が仕事を回してくれた影響で、会社自体の仕事も若干増えている。この御時勢、ありがたいことだったが、やや仕事人間になりつつある気がしないでもない。

　もともとの佳樹はそれほど労働意欲も高くなく、日々生活できる程度の給料がもらえて、余暇を気楽に過ごせればそれで、という人間だったから、いろいろな意味での自身の境遇の変わりように、なんともいえない困惑を禁じ得なかった。

　――いや、仕事としてはいいことなんだけどさ。

　そんなことを内心ぼやきながら、少しでも早く会社を出ようと、テキパキと書類を片付けていく。幸い、以前のような、後回しにして書類を溜めるダメな癖はなくなっていたから、八時過ぎにはすべてを終えることができた。

やっと帰れると、佳樹はまだ数人いる同僚に挨拶して、会社ビルを出る。

もう十月。季節としては秋だったが、年々秋めいた涼しさが遅くなっている気がする。肌寒さがほとんどない歩道を、佳樹はどこか適当な店で夕飯をすませるか、それともコンビニエンスストアで買って帰るか迷いながら、最寄りの地下鉄駅に向かった。

と、軽いクラクションが聞こえる。思わず顔を上げた佳樹に、すっかり覚えた洒落た外車が見えた。

内心、冷や汗が垂れる。

明日は土曜日だから、仕事はない。けれど、休日の始まりはクリーニングに行ったり、掃除をしたり、冷蔵庫の中身の補給をしたりとやることがいろいろとあるのだ。

自分は英一や季之と違い、日常の世話をなんでもしてくれる家政婦のような使用人がいるわけではない。平日に支障なく日々を過ごすためにも、休日にやるべき準備をしっかりしておくのが肝心であった。

しかし、こんなところで立ち尽くしているのもまずかった。グズグズしていたら、英一なり季之なりが車から降りてきてしまうし、それを同僚に見られでもしたら、説明に困ってしまう。二人とも、見た目からして一般人とは違う空気を放っていて、そんな男たちと佳樹がどうして知り合いなのか、うまい言い訳が浮かばない。

そんなところから、万が一、佳樹と彼らとの秘密がばれたら……。

考えただけでゾッとする。

佳樹はとりあえず、周囲に知人がいないことをさりげなく確認しながら、足早に車に向かった。後部座席に滑り込んで、ホッとまずは息を吐く。運転席に季之が、助手席に英一がいて、このポジションなら車内で悪戯はされないだろうという安堵も含んだため息だ。

　そんな佳樹の内心を見透かしたように、季之がクスリと笑いながら、車を発進させる。

　後ろ姿だけでも、華やかさが伝わる男だ。茶道香月流宗家の次男という経歴だけでも華々しいというのに、見た目も俳優ばりの人目を惹きつけるオーラに恵まれている。清涼感のある容姿からは、よもや彼が異常な性癖の持ち主であるとは窺えない。

　一方の助手席にいる男、英一も季之とはまたタイプの違う容姿の優れた男だった。ただし、より知性派寄りだ。フレームレスの眼鏡が彼の怜悧さを強調しているし、身につけているスーツもいかにも堅い職業を連想させるダークグレーだ。ただし、量販店ものの佳樹と違い、仕立てのよさを感じさせる上質感がある。

　見るからに切れ者のエリート。それが、英一を目にした者が感じる印象だ。

　実際、そのイメージどおり、財務省キャリア官僚だ。春先には、主計局主査というものになったらしく、順調にエリート街道を歩んでいるようだ。

　優雅な高等遊民的毎日を送っている季之と、トップエリートな英一は、まったく異なる人生を歩んでいるが、幼馴染みだ。その縁がより深くなったのは、成人して、互いの性癖を知ってからのことだという。

　そして、佳樹は二人共有の羞恥奴隷……ではなく、恋人、だ。恋人というには、いささかあやふやではあるが。

「佳樹、食事はすませたか？」

　英一が訊いてくる。いつもの少し低い、冷たくも聞こえる声だった。その声だけで、思わずゾクリとする自分が恨めしい。

「……いえ、まだです。どうしようか、考えていたところだったんだけど」

「英一さんもまだだってさ。用意したものが無駄にならなくてよかったよ。三人で一緒に食べような、佳樹」

季之が明るく言ってくる。英一と比べると、季之の声には陽性のカラリとしたものがあった。

佳樹は目を瞬いた。

「用意？」

「二人とも残業がありそうだったからね。今日はゆっくりできるように、いつものマンションのほうにシェフを呼んで、簡単に用意させておいたんだよ」

「六本木のａｓａｏのシチューは久しぶりだ。楽しみだ」

季之の説明に、英一がかすかに唇の端を上げている。そういう表情はめったになく、よほどそのａｓａｏとやらのシチューは美味しいのだろうと窺えた。

しかし、自宅にシェフを呼ぶ？

テレビドラマなどでお金持ちがそういうことをするシチュエーションを観たことはあるが、実際にやる人など初めて見た。つくづく、自分とはかけ離れた生活圏の人だと、佳樹は思った。

「それにしても、佳樹。まだそのスーツで会社に行っているのか？　そろそろ、俺たちがプレゼントしたスーツでもいいんじゃないかなぁ」

季之がスムーズに車線変更をしながら、言ってくる。佳樹はとんでもないと、首を左右に振った。

「む、無理です。とても自分の収入では買えないスーツなんですよ？　もし、怪しまれたら……」

どうやってそんなものを手に入れたと、勘ぐられてはたまらない。

「スーツの良し悪しがわかる人間が、佳樹の会社にはいるのか？」

喉の奥で笑いながら、英一がからかってくる。たしかに、佳樹程度の会社で着る物の目利きがいるかと言われると、答えに詰まる。

しかし、男同士ならともかく、女性であったならどうかわからない。ブランドの話をたまにしていることもあるし、頻繁に購入はできなくても、いい物か悪い物かはなんとなく勘づく人はいるかもしれない。危険は冒せない。

「男同士ならわからないと思うけど、女性だと……ちょっと怖いです」

「ああ。まあ、それはあるな。——残念だったな、季之」

友人に向かって肩を竦め、英一はあっさりと引き下がる。職種はまったく違うが、女性の怖さは見知っているのだろう。

一方、職場経験のない季之は「ちぇっ」と唇を尖らせる。

「もういっそ、会社を辞めちゃえばいいのに。俺の秘書でもやれば、いつも一緒にいられるぞ、佳樹」

そんなことを言ってくる。

佳樹は慌てて、拒絶した。

「秘書なんて無理です！　それに……」

しかし、あとを続けられない。口にするのは、あまりに恥ずかしかった。

季之がニンマリと笑う。

「いつも一緒になったら、エロいことをされまくるって？　されたいくせに、素直じゃないなぁ」

「ち、違……っ」

されたいなどと思っていない。この関係を仕方がないと受け入れてはいるが、けして積極的にしたいなどと思っているわけではないのだ。

——だって、オレは……オレは……。

否定したい気持ちと、それを嘲笑うような肉体の感覚。

佳樹にだってわかっていた。本気でいやだと思っているのなら、もっと早くに二人と手を切っている。徹底的に無視して、なんなら、法的に訴えてやると強気に出てもかまわない。佳樹が本気ならば、二人だって無理には深追いしないだろう。

けれど——けれど、佳樹の中には……。

「久しぶりだから、今夜はゆっくり楽しもうと思っていたが……先に、お仕置きが必要か」

英一が呟く。佳樹はビクリと肩を震わせた。

季之がさっきまでの明るいものではなく、笑みを淫靡に変える。

「お仕置きっていい言葉だよね。とりあえず、その気に入らないスーツは脱いでもらおうか」

「や……やだ……」

佳樹は怯えた。後部座席の窓がスモークガラスになっているのはわかっている。しかし、フロントガラスは通常のものだ。正面から見られたら、全裸の佳樹はよく見えるだろう。

——見られたら……。

ドクン、と心臓が強く鳴った。身体の芯がゾクリとする。

「わたしたち二人によく見えるように、中央の席に移動しろ」

「だ、だって……見えたら……」

英一の命令に、佳樹はガクガクと首を横に振る。

その逃げを潰すように、季之がやさしく追いつめる。

「大丈夫。前方の車のバックミラーから見えないように、車の少ない裏道を走ってあげる。それなら、怖くないだろう？」

「そ、そ……そんな……」

それでも諾とは言えない佳樹に、英一が冷酷に告げる。

「これ以上我が儘を言うのなら、裸に剝いたあと、その辺に放置してやろう。変質者として警察に保護されてから、引き取ってやる。なに、大事にならないよう警察に口利きする程度のことは可能だ。安心して、捕まるといい」

「……っ」

佳樹は唖然として、口を開閉させる。言葉にはならなかった。ただ、英一なら本当にやりかねないと思った。

裸にされて、道端に放置。その姿を誰かに見られて、警察に——。

本気の恐怖が背筋を駆け上がった。裸を他人に見られるのも、それで警察に逮捕されるのも、耐えられない。いくら大事にならないよう口利きしてもらえたとしても、無理だ。

「脱ぐ……脱ぐから……」

慌てて、佳樹は中央の席に移動した。うまく動かない両手を必死に動かし、ジャケットを脱ぎ捨て、ネクタイをはずす。

楽しそうに、季之が笑った。

「さすが英一さん。人の動かし方を知ってるね」

それを無視して、英一が佳樹にさらに命じる。

「すべて脱いだら、シートベルトを忘れるな。こいつの運転でも、万が一はある」

「ひどいなぁ、英一さん。俺の運転、そんなに危ない？　――あ、佳樹。足広げて、いやらしい尻穴がよく見えるようにしてね。それなら、体勢も低くなるし、前方から少しは見えにくくなるだろう？」

季之がやさしいのか、やさしくないのか、わからない指示を出してくる。尻をずり下げることで姿勢が低くなり、たしかに前方からは見えにくくなるだろうが、足を開いて、後孔が見えるポーズはあまりに卑猥だ。自ら、そんな恥ずかしい格好をするなんて……と、佳樹は啜り泣くような声を洩らした。

すると、手が止まっている、と英一に指摘される。怒るでもないその冷淡な言い方が、佳樹の恐怖をそそった。言われたとおり、ちゃんと服を脱がなくては、本当に放り出されてしまうかもしれない。

震える指で、佳樹はギクシャクとスーツを剝ぎ取っていく。ワイシャツ、肌着、ベルトをゆるめ、スラックスを下ろし……。

とうとう全裸になり、佳樹の喉がヒクリと鳴った。裏道とはいえ、車の外の街路にはそれなりに人が歩いている。会社帰りに居酒屋に立ち寄ったのか酔った風情のサラリーマンやＯＬ。大丈夫だとは思うが、もし彼らにこんな姿を見られたら。

「シートベルトをしろ。交通法違反だ」

「おっと、対向車が来た。その体勢だと、よく見えそうだなぁ」

英一の冷淡な指示のあと、季之が楽しそうに含み笑う。

対向車からのライトが一瞬、車内を照らし出し、佳樹は慌てて尻をずり下げた。いやだ。見られたくない。

「足を開け。なぜ、隠す」

ずらしただけで膝を閉じている佳樹に、英一が無情に命令する。季之がバックミラーの位置を調整し、「見せて?」と促す。

もうやめてほしい。これ以上、恥ずかしいことをさせないでくれ。

全裸の身体を丸めて、佳樹は全身を硬くする。しかし、肉奥の芯は熱をもって疼いた。

――どうして……どうしよう……。

目尻に涙が滲む。

下腹部が熱い。なにもしていないのに、性器が起き上がり始めていた。

「お尻の穴がヒクヒクしてるなぁ、ふふ」

「や、だ……」

身体を丸めたことで後孔のほうはかえって剝き出しになり、それを季之に揶揄(やゆ)される。

英一が振り返り、フンと鼻を鳴らした。

「見られるのが好きなくせに、強情な奴だ。その分では、もうペニスも勃起しているのではないか?見せてみろ」

いやだ。見られたくない。こんな恥ずかしい身体、こんなことでもう昂ぶっている身体を、二人に見せたくない。

けれど、もう一度英一に路上に放置するとほのめかされると、抵抗できなかった。

いや、抵抗できなくなる口実が欲しかったのか?

小さくしゃくり上げながら、佳樹はソロソロと足を開いていった。前方の座席――運転席と助手席にそれぞれ足をかけろと言われて、惨(みじ)めに開く。

「はは、よく見るようになった」

「ふむ……季之もこれと遊ぶのは久しぶりなのか?

陰毛がもう伸びてきているな」

季之が笑えば、英一が見聞したあげく呟く。

それに対して、季之が肩を竦めた。

「だって、英一さんをそっちのけにして楽しめないよ。佳樹にも休養が必要だろうしね。でも――」

ちょうど人が途切れ、車のほうもこの一台しか走っていないのをいいことに、季之は簡単に道路脇に停車させて、後部座席の佳樹を振り返る。しげしげと股間を見つめ、頷いた。

「本当だ。今日はまず、剃毛からやらないといけないね。せっかく可愛い女子高生の股間にしたのに、台無しだ」

GWにやった佳樹所有のDVD『狙われた女子高生　縛って嬲って辱めて』の再現で、佳樹に演じさせた役割をわざと口にして、苛めてくる。その時に、処女の女子高生という設定のもと、より雰囲気を盛り上げるためにとの名目で、佳樹は股間を剃毛させられていた。それが可愛いと、その後ずっと継続させられている。

五月から、佳樹の股間は無毛のままだった。

あんなDVD、普通の男なら誰だって持っていておかしくない程度のものなのに、二人に見つけられたのがまずかった。他にも同種のDVDが取り上げられ、「こういうのが好きなら、参考にしないといけないな」と、時に応じてそれら所有DVDの内容で弄られている。

そのうちのひとつが、件の女子高生もので、GWにたっぷり実践させられていたのだ。あの時の最後には、英一の実家所有の無人ビルで、セーラー服を着たまま二人にあんなことやこんなことをされたのを覚えている。

ヒクン、とまた性器が淫らに成長した。

「あれ?　思い出しちゃった?」

季之がからかう。

違う。違う。こんなことで気持ちよくなったりしたくない。

そう思う気持ちは本物だ。

しかし一方で、辱められることに、視姦されることに、肉奥の敏感な部分が疼く。

「見……ないで……」

「ふん。先端が濡れてきたな」

「すけべだなぁ、佳樹は」

英一が、季之が、佳樹を笑いものにする。

再び、季之が車を発進させた。人通りの少ない路地裏を選びながら、器用に走らせていく。時々、対向車のランプに怯えつつ、佳樹は裸体を晒し続けた。

密会に使用するマンションまで、三十分ばかりかかっただろうか。本来なら、もっと時間をかけて嬲られるところなのだが、恥ずかしい状態の裸体を晒（さら）し続けた佳樹が、とうとう一人で達してしまい、ゴールとなったのだ。

飛び出た精液は、英一がハンカチで受け止めてくれた。佳樹は頬を真っ赤にして、しどけなく下肢を開いたまま、呆然としていた。


二人に嬲られるのは、ほぼ半月ぶりだった。英一が忙しいという話は聞いていたし、それに合わせて季之も佳樹を呼び出すことはなかった。

三人での淫蕩（いんとう）な夜が遠のいたことに、最初はホッとしていた。結局は佳樹も感じてしまうとはいえ、やはりアブノーマルの世界は罪悪感を煽（あお）り、まともな日常を佳樹の理性は求めてしまう。

望んだ日々が訪れ、安心できるはずだった。

けれど、実際は。

「俺たちに会えない間、自慰くらいはしなかったの？　ずいぶん、早かったよねぇ」

淫靡に含み笑いながら、駐車スペースに車を停車させた季之が振り返る。

「裸体を晒すだけでイくとはな」

英一が鼻で笑う。恥ずかしくて、佳樹は両手で顔を覆った。

「だって……」

なんと言ったらいいのだろう。

二人と出会う前、佳樹自身の性衝動はむしろ淡白なほうだった。もちろん、アダルトＤＶＤや写真集を所有していたが、それで自身を慰めることはめったになかった。

恋人がいた時期もあったけれど、異常な性行為をしたこともなければ、毎日ヤりたいと彼女に求めたこともなかった。

それなのに、英一と季之に出会ってから、佳樹はまったく別の人間に造り変えられてしまった。二人にされたことを思うと身体が熱くなり、嬲ってもらえないと肉奥が切なくなった。

半月、二人に会えなくて、佳樹がどんな夜を過ごしたか。身もだえするような熱に焼かれながら、股間に手を伸ばし、いけないと思いつつ、何度あさましく自身を慰めただろう。

恥ずかしいけれど、それでなんとか性欲は発散できていたはずだった。

「だって、なに？」

季之がやさしいといってよい口調で訊く。

「言い訳か？　ほんの三十分のドライブでイッておいて」

英一が嘲笑いながら、内腿をソロリと撫で上げる。

「だって……ぁ、んっ……毎日、してたのに……あっ」

英一が軽く、佳樹の性器を指先で弾いた。ズクン、とまた欲望が込み上げ、達したばかりの性器が硬くなる。

「また勃(た)ってきた。毎日自慰をして、かえって敏感になっちゃった？」

「そういうことなら、相応に可愛がってやらないといけないな。降りろ、佳樹」

季之が笑い、英一が佳樹に命令する。裸のまま車から降りろということだろうか。

「こ、このまま、降りる……の？」

佳樹のほの赤く熱を帯びていた肌が青褪める。

「もちろん」

「当然だよね、英一さん」

冷淡な英一。対する季之は、少し色素の薄い目に愉悦の色を浮かべている。本気で怯える佳樹は、彼の嗜虐心を煽ってしまったらしい。

しかし、ここはマンションの地下駐車場だ。時刻はまだ九時前。こんな時間では、いつ帰宅する車が入ってくるかわからない。

「だ、誰かに……見られたら……」

震える声で、佳樹は抗議した。本当に他人に見られたら、身の破滅だ。そして、それは佳樹一人のことではないはずだった。この状況では、そばにいる英一や季之も咎められるだろう。

そんな佳樹の抗議に、英一は顔色ひとつ変えない。

「そう思うのなら、早くしろ。今なら、誰もいない」

「そうそう。ほら、シートベルトをはずして」

季之が運転席から降り、後部座席のドアを開けて、佳樹のシートベルトの留め具をはずしてくる。そうして、軽く腕を引いた。

「……あっ」

あっさりと車外に引き出され、佳樹はとっさにうずくまった。全身がブルブルと震えている。

「佳樹、もたもたしていれば、それだけ危険度が増すだけだが？」

「それとも、本当は誰かに裸を見られたいのかなぁ？」

英一が、季之が、口々に佳樹をいたぶってくる。こんな目に遭わせているのは二人なのに、ひどい。

涙目で、佳樹は二人を見上げた。そして、最後の抵抗にと、ジャケットを要求する。せめてそれくらいは許してほしかった。

「スーツのジャケットを……全裸なんて、無理……」

「あのスーツは捨てるから、ダメ。帰りに新しいのをあげるから、部屋まで裸でおいで。靴も靴下も下着も、全部用意してあるからね」

季之が悪魔の微笑みを浮かべて、見下ろしてくる。

それに英一が苦笑した。

「また買ったのか？」

「だって、佳樹ってば放っておくといつも似合わないスーツばかりだからさ。こうやってチャンスを見て入れ替えていけば、そのうち全部、俺たちの買ったスーツになるだろう？　そうしたら、いやでも仕事で使う羽目になるし。せっかく色っぽくなってきたのに、あのスーツはない」

許せないとばかりに、季之が首を振る。さっきのやり取りで、佳樹のスーツ論争にはケリがついたのではなかったのか。季之が与えるような質のいいスーツなど着て出社したら、目敏い女子社員から不審に思われると、わかってくれたのではなかったのか。

佳樹が助けを求めるように視線を送った英一が、軽く肩を竦める。

「たしかに似合わないがな。しかし、佳樹の色気を他の男に見せるのも……な」

願ったのとはまた別の理由を口にされ、そのありえない理由に、佳樹は戸惑う。佳樹の性癖を知る二人ならともかく、単によいスーツを身につけた程度で色気がどうこう言われるほどの差が出るとは思えない。身につけるのは、佳樹なのだ。英一や季之ならばまだしも、佳樹にそれはない。

しかし、季之も英一の言を否定しない。

「出た。英一さんの独占欲。いや、わかるけどね。――ということで、誰か来る前に行こうか、佳樹」

「ちょっ……ちょっと待っ……や、っ」

抵抗する間もなく、腕を強く引かれ、立たされた。なにも覆うもののない肌に、秋のややぬるい空気が触れる。

堅いダークスーツ姿の英一と、いつもの洒落た装いの季之に対して、一人裸の自分。

羞恥がカアッと込み上げた。身体の芯が熱くなる。スーツの良し悪しについて、四の五の言う心理状態ではなくなる。こんな姿を誰かに見られたら。そのことで、頭がいっぱいになる。

「ゃ……ゃ、だ……エレベーター……」

早く部屋に行きたい。隠れたい。

「おっと、今日はこっち」

もはや、一刻も早くこの状況から逃げようとしか考えられない佳樹の手首を、季之が掴む。いつもとは違うエレベーターに、佳樹は連れ込まれた。辱めを受ける時には使用しないエレベーターだ。

佳樹の顔がさらに青褪める。

「そ、そっちは……」

高層階専用のエレベーターだった。使用する人間が少ない分、同乗者にはまず会わない。佳樹もここを使用して一年以上になるが、こちらのエレベーターで他者と乗り合わせたことはまだ一度もなかった。

ただし、外側がガラス張りであったが。

「無理……無理……オレ、裸……」

佳樹はガクガクと首を振り、二人に抵抗しようとするが、力強く引き込まれる。

英一が最後に乗り込み、最上階のボタンを押した。

ゆっくりと、エレベーターが上昇を始める。

「や……いゃ……」

逃げなくては。このままここにいたら、大変なことになる。季之も英一も、なにを考えているのだ。

しかし、無情にエレベーターは上昇していく。

「ほら、地上階に出た」

「………ひぃっ！」

性器を晒すように、ガラス張りになっている面と向かい合わせにされた体勢で、佳樹は裏返った悲鳴を上げた。エレベーターの中はぼんやりとではあったが灯(あか)りが点いており、暗い外は見えない。箱の中の佳樹たち三人の姿が、ガラスに映っていた。

スーツの男たちと裸の佳樹。

エレベーター内の灯りのせいで、確実に中の様子は外に見えているだろう。裸の佳樹のすべてが。

「ゃ……いやだぁぁ……っ！」

佳樹はとっさにしゃがみ、裸身を隠そうとした。

しかし、両側から英一と季之に拘束され、隠すことができない。しゃがむことも許されず、裸体を晒したまま、ガラスに向き合わされ続けた。

　見られている。裸で、マンションのエレベーターに乗っている姿を、外の誰かに見られている。指を差して、驚かれているかもしれない。

　ツン、と痛いほどに乳首が張りつめ、ペニスがプルと反り返っていく。

　英一が耳朶に囁いた。

「このガラスの向こうは、大通りだ。車も人も、数多く行き交っている。よかったな」

「ひ……やぁ、ぁ……」

　かすれた悲鳴。けれど、身体は――身体は、下腹部が疼き、性器の先端からなにかがツツと零れ落ちていった。

「見られていると思ったら、感じちゃった？　車の中で一回イッてるのに、いやらしいなぁ、佳樹は」

　もう片方の耳朶に、季之の囁きが吹き込まれる。

「ぃや……違、う……ゃ……い、や……」

　見られている。こんな恥ずかしい、いやらしい、はしたない姿を、誰とも知らない人々に見られている。

「いやだぁぁ――……っ！」

「まだ、ここでイくのは早い」

　背筋を仰け反らせ、達しかけた佳樹の性器を、英一が握っていた。根元を縛め、冷笑している。

「ぁ……ぁ……ぁ……」

「ホント、佳樹は敏感だよねぇ。みんなに見られながらイきたいの？」

　季之に嘲られる。

「ゃ……ぁ……ぁ……」

　涙が零れた。そうしながら、佳樹は腰を揺らす。イきたくて、見られているのが恥ずかしくて、恥ずかしいのがたまらなくて、快感が全身を駆け巡った。

「どうしよう……どうしよう……」

　達する寸前の姿を、不特定多数の人々に見られてしまった。通報されていたら、どうしよう。写真を撮られていたら、どうしよう。

ガクガクと震え、震えながら腰に甘さが募る。同時にキーンと耳鳴りがして、意識が遠のきかけた。

エレベーターが停止した。

「さ、部屋に行こっか」

季之が佳樹からあっさりと離れ、エレベーターから降りる。半ば自失し、くずおれそうな佳樹の腰を、英一の腕が支えた。

「見られた……こんな……こんな……写真、撮られてたら……」

今度こそ、佳樹は破滅する。しがみついていた日常が失われる。

うわごとのように、佳樹はブツブツと呟きを洩らしていた。

気がふれる寸前のその様子に、英一が耳朶に囁く。

「ここのガラスは、マジックミラーだ」

「マジック……ミラー……？」

与えられた言葉がゆっくりと消化され、理解と同時にヘナヘナと足から力が抜けていった。

——っていうことは、誰にも見られて……ない……？

英一がため息をついた。

「裸で、ペニスを勃起させた男と一緒に撮影されたら、わたしたちも身の破滅だろう。馬鹿が」

そう言って、軽々と佳樹を抱き上げた。

「あっ……英一さん、っ」

お姫様だっこの形に佳樹は慌てたが、英一はさっさと部屋に運んでいく。季之が鍵を開けた部屋に、佳樹は連れ込まれた。


ぐったりと寝入っている佳樹を見つめながら、英一は半身を起こした。身体は心地よい疲労に包まれている。

半月ぶりに抱いた佳樹は、相変わらずよい羞恥奴隷であった。車、それからエレベーターでの行為に身体はすっかり欲情しており、一人だけ裸のままでの食事にも、いい反応を示した。

　キッチンに向かい、冷蔵庫からミネラルウォーターのペットボトルを取り出した英一のあとを、季之が追う。キッチンの扉の柱にもたれて、揶揄してきた。

「英一さん、最近、佳樹に甘くない？　エレベーターも、あんなに早く種明かしをしてやることないのに。黙っていれば、あと何回かは裸エレベーターで遊べたよ？」

　そんなことを言ってくる季之に、ミネラルウォーターのペットボトルを投げてやり、英一はキッチンと繋がっているリビングダイニングスペースに向かった。季之もついてくる。

「少し考える頭があれば、すぐにわかることだ。隠しても意味がない。それよりも――新しい遊びを始めたい」

「新しい遊び？」

　季之が首を傾げる。

「佳樹に飽きたの？」

　ペットボトルの水をひと口飲み、訊いてくる。その口ぶりでは、季之はまだ佳樹を気に入っているようだった。

　もちろん、英一も飽きてはいない。代わりに、問いに問いを返してやる。

「佳樹が今の会社をクビになったところで、なにか問題はあるか？」

「問題ねぇ。クビになってくれたほうが、もっと玩具にできるから、むしろ嬉しいけど。本気で俺の秘書にする？」

　気に入った相手に適当な身分をあてがう程度のことは、季之にも英一にも可能ではある。

　もっとも、英一が訊いたのはそういう意味ではない。

「佳樹に飽きた日には、ある程度のものを与える覚悟はあるか、という意味で訊いている。どうだ？」

　季之が軽く目を見開いた。しばし、考えるように沈黙が続く。

英一が座ったソファに、季之も腰を下ろしてきた。

「――そうだね。今までのどの奴隷よりも、佳樹は長くもっている。飽きる日がいつ来るのかは今のところわからないけど……うん。飽きる時にはなにか、身の立つようにしてやったほうがいいかもね。佳樹ははほら、今までの子みたいに、性癖に溺れて、日常からはずれていく子じゃないからさ」

季之が苦笑する。

彼の言うとおり、佳樹は今まで羞恥奴隷に堕とされてきた人間と異なるところがあった。それが、いつまで経っても二人からの仕打ちに佳樹が慣れを見せない理由でもあるし、快楽に堕ちながら苦しむ理由でもあった。

今までの奴隷のようだったら、問題はない。英一や季之が飽きても、同じ世界にいる他の人間の手に譲ってやればそれですむ。アブノーマルな快楽に溺れきった人間には、むしろ望む世界への切符を渡してやるのが親切だ。

だが、佳樹はどうだろう。苦しみを無視できない彼には、まっとうな生き方も用意してやらねば、いずれおかしくなるだけだ。

そこまでは、いくら英一といえども望んでいない。

そして、いつか飽きた日への合意が季之と取れるのなら、佳樹とともに新しい遊びを始められる。

「なにを考えているの、英一さん」

半ば、英一の思案がわかるのか、季之がおもしろそうに訊いてくる。

英一はうっすらと笑った。

「飽きたあとの佳樹の人生に責任を持つ気があるなら、もっと佳樹をギリギリまで追いつめられる。佳樹を、あれの好きな快楽地獄に堕としてみないか?」

「快楽地獄？　ふぅん、なにを始める気なの、英一さん」

「そうだな、手始めに――」

ひっそりと、英一は季之と打ち合わせを始めた。

佳樹を壊すギリギリまでいたぶる。

そうなった時、佳樹はどんな顔を英一たちに見せるだろう。

蕩けきった雌犬か。

それとも、それでもなお良識が佳樹を引き留めるのか。

その姿を見るのが、楽しみだった。

§二

週明けの月曜日。

土曜、日曜と散々二人にいたぶられ、結局部屋の掃除も買い出しもできないまま、佳樹はアパートに戻っていた。

とりあえず、出勤のついでにクリーニングだけは出していく。先々週の土曜日に出した分の引き取りは、帰宅時の予定だ。そのためには、今日の残業は少なめにして、早く帰宅しなくてはいけない。

——前の週に出した物を土曜日に受け取って、ついでにその週の汚れ物を出すってサイクルだったのに。

人の予定も顧みずにやってくる二人のせいで、こうしてペースを乱される。

——掃除はまあ……いいとして。今日の帰り、ついでに買い出しもしないと。

クリーニングの引き取りがあるから大量の買い物はできないが、最低でも朝のパンと玉子は欲しかった。朝食抜きなど、佳樹には考えられない。

——あ！　あと、野菜ジュース。

サラダを作るのは面倒なので、せめてジュースで野菜を摂ると決めている。独身男性などは、だいたいこんなものだろう。

そんな予定を忘れないよう頭に刻み込みつつ、佳樹は満員電車に乗った。いつもの車両のいつもの定位置に立つ。

そうするうちに次の駅に着いて、多少の人の入れ替えのあと、ダイヤに追われるように電車は出発する。この過密スケジュールを達成しているのだから、日本の鉄道会社というのもたいしたものだ。

なんてことを考えていた時だった。耳朶にフッと息を吹きかけられた。

「………っ」

偶然息がかかったというのではなく、どこか官能を煽るような吐息に、佳樹はビクンと背筋を震わせた。まさか——。

恐る恐る振り返った佳樹の目に、人懐こく笑いかける季之が映った。

「と、季之さん……」

土日二日間もたっぷり佳樹を嬲ったのに、なぜ、週明けの電車にいるのだ。

ピト、と臀部を季之の掌に包まれた。

「おはよう、佳樹。腰の具合は大丈夫？」

あくまでも佳樹にのみ聞こえる囁きが、耳朶に吹き込まれる。

うっすらと、佳樹の頬が赤くなった。囁きと共に、週末の記憶が蘇ったからだ。

半月ぶりに、英一と季之の二人に抱かれた。食事を摂りながら、入浴しながら、ベッドで、ソファで、テラスで、佳樹は二人の欲望に貫かれ続けた。

「……んっ」

臀部を覆った掌が、今度は尻の割れ目をツツと伝う。二日にわたって嵌(は)められ続けた蕾(つぼみ)はまだ痺れたように敏感で、スラックスの上から撫でられたことにヒクと蠢(うごめ)く。

「頬が赤い。感じちゃった？」

「や……やめて、ください」

今日は季之一人だ。彼は背後にいて、佳樹の目の前は見知らぬサラリーマンしかいない。妙な反応をしたら、そのサラリーマンに気づかれてしまうかもしれない。

そんなふうに思ったのがいけなかった。週末、二人に散々苛められて、感度が復活した果実が熱を帯びる。

片手で尻を撫でながら、もう片方の手が前に回ってきた。抱えた鞄の隙間から胸を撫で、腹に下り、そして、股間に——。

「ふふ、佳樹は本当に、痴漢されるのが大好きだねぇ。もう硬くなってる。こんなところで勃起して、いやらしい子だな」

「ち、違……」

佳樹は全身を硬くして、身を縮めた。なんとかして反応すまいと、湧き起こる快楽を押さえようとした。

だが、尻を撫で回す手、股間を意地悪く嬲る指、耳朶をかすめる吐息に、どんどん肉奥から熱が溢れていく。

「そのまま、鞄を抱えているんだよ」

囁きと共に、スラックスのジッパーが下ろされる。開いた隙間に、スルリと季之の手が滑り込んだ。

前方にいるのは無関係のサラリーマンなのに、こんな場所で下衣を寛げられたことに、佳樹は動揺する。動悸が激しくなり、呼吸が上がった。

そんなことをしたらダメだ。周囲に見咎められたら、どうする。

「大丈夫。鞄に遮(さえぎ)られて下は見えないから。このまま気持ちよくなろうね」

「ゃ……め……っっ」

その先は、言葉にならなかった。なぜなら、下着すらもかき分けて、じかに性器を握られたからだ。少し乾いた長い指が、佳樹の果実をゆったりと握る。電車の揺れに合わせるように、ねっとりとそれを扱き上げる。

「……っ……っ……っ」

声が出そうだった。周囲に人がいる中で手淫されて、頭がどうかなりそうだ。

——やめて……やめて、くれ……。

　こんなことで感じてしまう自分がおかしいのは、わかっている。異常な性癖だということも認める。

　だが、知られたいわけではない。

「ふ……ゃ……」

　扱く感触が、ぬめるものに変わるのを感じる。異常な行為に昂ぶって、先端が早くも濡れだしたのだ。洩れた蜜を、季之がわざと幹に広げていく。

「ここでイッちゃう？」

　小さく、佳樹は首を左右に振った。口を開いたら、あらぬ声が飛び出そうだった。

「いやなの？」

　周囲におかしく思われない程度に、一度、二度、佳樹は頷いた。顔も上げられない。きっと、今の自分は欲情した目をしているからだ。頬が上気して、ひと目でおかしなことになっている変態だと見破られてしまう。

　それが恐ろしくて、佳樹は鞄をギュッと抱えて俯いていた。

「……おっと」

「…………っ」

　季之が、電車の揺れに足を取られたふりをして、佳樹の耳たぶにキスをした。軽く耳朶をひと嚙みされ、握られた佳樹の果実がドクリと膨れる。イきそうになって、根元をきつく縛められた。

「ふふ、ここでイきたそうだ」

「……ゃ、だ」

　お願い。お願いだから、こんな場所で射精させないでほしい。

　けれど、それは口にできず、代わりに、佳樹は何度も首を左右に振る。

　と、気分でも悪いのかと、目の前のサラリーマンが迷惑顔で佳樹を見た。吐いたり、あるいは洩らしたりでもしたら最悪だと考えている顔だった。

「ち、違……」

「次の駅で降りようか。気分がよくなるまで、少しベンチで休んだほうがいい」

誤解を否定しようとした佳樹に被せるように、背後から季之が親切めかして話しかけてくる。

スッと手がペニスから離れ、前を整えると、佳樹を庇うように、自分のほうへと身体を回転させた。

「あともう少し、我慢できる?」

世話をする人間がいることにホッとした様子で、サラリーマンが息を吐く。

佳樹は情けなく、唇を噛みしめた。気持ちが悪いわけではない。むしろその逆で、こんな場所で快感を煽られて、感じてしまって、朝から自分は最低だ。

じきに、次の駅に停車し、佳樹は季之に庇われるようにしてホームに降りた。「大丈夫?」と守られながら、季之が佳樹を移動させる。

どうせ、駅のトイレあたりに連れ込むつもりなのだろう。まだ少し、始業時間までは間がある。その短い時間、佳樹を嬲るつもりなのだ。

しかし、改札へと連れ出され、佳樹は戸惑った。

「あの、季之さん、どこに……」

「こっちだよ。さ、乗って」

ロータリーで停車していた車に、佳樹は乗せられた。後部座席に、二人して乗り込む。

「黒田(くろだ)、出して」

そう言う季之に、黒田という運転手は無言で車を発進させた。

「と、季之さん……?」

「さ、始めようか、佳樹」

爽やかに微笑んだ季之の手には、可愛らしいピンクのローターが摘まれていた。


「――はい……ええ、そうですね……はい。今日、見積もりを持って、お伺いします……はい。よろしくお願いします」

アポイントを取りつけ、佳樹は通話を切る。ため息をついたその呼気は、熱かった。

――どうしよう……お尻が……。

後孔に挿入された淫具が、小刻みに振動していた。

朝、季之に挿れられたローターだ。

「……っ」

身じろいだ拍子に、それがグリと肉襞を突き、佳樹は上がりそうになった声を噛み殺した。頬が紅潮し、瞳が潤む。周囲では、電話をかけている同僚、パソコンに打ち込みをしている女子社員、打ち合わせをしている上司などがおり、それがいっそう佳樹の官能を煽っていた。

耐え切れず、佳樹は立ち上がり、トイレに向かう。個室に滑り込み、スラックスのジッパーを下げた。

「……んっ」

運良く、他者はいない。そっと触れた性器は、硬くなっていた。あと少し刺激されたら、達してしまいそうだ。

――一度……出してしまわないと……。

会社で自慰をするなんて、とんでもないことだ。

しかし、このままではスラックスの前が不自然に膨らんだままで、不審に思われかねない。

――季之さん、なんでこんなひどいこと……。

佳樹は涙目になりながら、自身のペニスを握った。人が来る前に吐精してしまおうと、忙しなく性器を扱く。

『今日のレッスンは、皆の前でイくことだよ。会社で、大勢の同僚がいる中でイくんだよ、佳樹。上手にできたら、ご褒美にうんと恥ずかしい目に遭わせてあげるからね』

爽やかに微笑みながら、季之はそんなひどいことを佳樹に言った。そうして佳樹の下肢を裸にし、後孔にローターを挿入したのだ。

運転手もいる中での行為に、佳樹は抗い、そして、達した。

『ひどい……』

あまりのことに、佳樹は啜り泣いた。季之しかいないなら、まだいい。百歩譲って、例の倶楽部でのことだったら、もう少しましだった。季之たちがたまに佳樹を連れていく秘密の倶楽部は、大っぴらにはできない性向の客のための店だったから、ある意味同類ばかりということで、多少は許容できたからだ。

季之が佳樹の身なりを整えながら、クスクスと笑いを洩らす。

『黒田のことなら、心配しなくていい。昔からの家の運転手で、口が固いからね。この程度のこと、慣れているよね?』

そう問いかける季之に、黒田と呼ばれた四十代ほどの運転手が軽く頭を下げる。その落ち着いた態度から、彼が何度も、季之のこういう遊びに付き合ってきたことが窺えた。

どういう家なのだ。佳樹は慄く。自分が季之たちによって、まったく未知の世界に引きずり込まれたことは理解しているが、こういう佳樹の日常ではありえない出来事を体験するたびに、非日常感に頭がクラクラする。自分が今いる場所が現実なのか虚構なのか、わからなくなってしまう。

そうして、佳樹は会社近くで車を降ろされた。にぶく動き続けるローターを後孔に挿入されたまま、『会社で、大勢の同僚がいる中でイくんだよ』と命令されて。

「ん……んぅ、っ」

いつ誰が来るかわからないトイレ内で、佳樹は一心に、性器を握る手を上下させた。後孔に咥え込んだローターが振動し、内壁を責める。長時間それに苛められ続けた佳樹の肉体は、直接的な性器への刺激にあっという間に昇りつめていった。

「んん――……っ」

ほどなくして絶頂に至り、佳樹は丸めたトイレットペーパーへと精を吐き出す。腰がにぶく、重い。呼吸も荒かった。

幸いにして、一連の行為の間、誰も来なかったから、佳樹は呼吸を整えながら、射精した性器を着衣にしまった。

スラックスのジッパーを上げて、個室内の壁にもたれる。達してなお、身体は熱かった。依然として体内を責め続けているローターのせいだ。

いっそのこと、取ってしまいたい。

しかし、振動し続けるローターを取り出したとして、どこに隠したらよいのか。こんな物が見つかれば騒ぎになる。

それに、終業後、迎えにきた季之に、ローターを取ったことを知られたら、なにをされるかわからない。

――もっと……ひどいことをされるかもしれない……。

振動するローターを挿入したまま仕事をしろという以上のひどいこととはなにか。佳樹はブルリと震えた。と同時に、達して少しは落ち着いたはずの衝動が疼く。

これがもっともいやなことでもあった。辱めを受けたくないと思う気持ちは本当であるのに、一方でそのことを待ちわびてしまう身体――。

二人と知り合わなければ、こんな性癖など知らずにいられた。普通のサラリーマンをして、普通に女の子と交際し、普通に結婚をする。普通の家庭を築いて、普通に人生を送る。

なんのおもしろみもないだろうが、そうやって生きていくのだろうと思っていた。

それがこんな――。

『今日のレッスンは、皆の前でイくことだよ。会社で、大勢の同僚がいる中でイくんだよ、佳樹。上手にできたら、ご褒美にうんと恥ずかしい目に遭わせてあげるからね』

無理だ。自分はたしかに異常だが、ここまでのことはさすがにできない。

震える身体を、佳樹は抱きしめた。それから終業するまで、佳樹は数回、トイレに駆け込み、なんとか自身を慰めて、身体の疼きをなだめ続けた。

残業もそこそこに、佳樹は恐る恐る会社を出た。すぐに、季之に捕獲されると怯えていた。

しかし、地下鉄駅への階段を降りても、電車に乗っても、自宅アパートの最寄り駅に降りても、季之の姿はなかった。

まさか、この上ひと晩中、ローターを後孔に咥え込んだままでいろということだろうか。

さすがにアパートに戻ったら、ローターを取ろう。もうこれ以上、身体が耐えられない。大勢の中でローターに苛められ続けた内奥はグズグズと蕩け、今ではもう、ほんの少しの刺激でも、佳樹に吐精を伴わない絶頂を味わわせるほどになっていた。

——腰から下の感覚が……溶けてしまいそう……。

それをなんとかこらえ、佳樹はクリーニングの引き取りをし、アパートに向かった。買い物はやめた。一刻も早くアパートに戻りたかった。耐えられない。

しかし、階段を這うような気持ちで上がり、自室の鍵を開けかけて、佳樹は首を傾げる。部屋の鍵が開いていた。

「え、なんで……」

まさか、こんな日に泥棒でも入ったのだろうか。早くローターを取って、蕩けた身体をどうにかしたいと思っているのに、盗難の始末をしなければならないなんて、ついてなさすぎる。

ほとんど涙目で、佳樹は部屋に入った。とりあえず灯りを点けようと、スイッチを入れる。

「…………っっ！」

息を呑んだ。狭い室内に、長身の男が二人。

「早かったな、佳樹」

「ふぅん。そんな大荷物を持って帰る余裕があったんだ」

前者が英一、後者が季之だ。二人は余裕のある様子で、室内に佇んでいた。

「な、なんで……」

季之がニヤリと唇の端を上げる。

「せっかくだから、帰りの電車内でも楽しんでもらおうと思って。一日、ローターに苛めてもらえて、気持ちよかった?」

対して、英一は冷淡だ。

「この部屋の鍵をわたしたちが持っていることくらい、知っているだろう。いまさら、なにを訊いている」

言われて、佳樹は思い出す。二人がめったに使うことがなかったからつい失念していたが、この部屋の鍵はとっくにコピーされていた。それで稀に部屋に侵入されたり、壁の薄いこの部屋で玩ばれたり、散々な目に遭っていた。

所有DVDを押収されたのもそのせいだ。おかげで、どれだけひどい仕打ちを受ける羽目になったことか。

ヘナヘナと、佳樹は玄関にへたり込んだ。帰宅途中で季之に回収されることなく、部屋に帰ればローターを取れると思っていたのに、あんまりだ。アパートに二人がいるなんて、良い想像はまったくできなかった。

季之が歩み寄って、佳樹の腕を引く。

「ほら、靴を脱いで、こっちにおいで。今日のレッスンの成果を確認しないとね」

明るい口調に、佳樹の唇がワナワナと震える。なにがレッスンだという反発と、言いつけを守らなかった恐れが、同時に湧き上がる。

狭い室内に引きずり込まれ、佳樹はベッドに突き飛ばされた。立ち塞がる二人に、怯えた目を向ける。

「で、佳樹。ちゃんと、皆の前でイけた?」

季之が片眉を上げ、英一が木製のローテーブルを椅子代わりに腰かける。

「スラックスを脱げ、佳樹」

「下着が濡れているか、それとも、朝と違う下着になっているか、楽しみだねぇ」

　淡々と命じた英一に、季之がおもしろそうに応じる。しかし、愉快そうな口ぶりとは対照的に、その少し人より色素の薄い目は嗜虐的な色を浮かべていた。

　英一のほうは言わずもがなだ。フレームレスの眼鏡の奥の瞳は冷たく、それだけで佳樹の息は上がってしまう。恐怖と、それ以外のなにかで。

「ゆ、許して……だって、無理……」

　気がつけば、慈悲を乞うていた。

　佳樹は言いつけを守らなかった。皆の前ではイかず、トイレで欲望を発散させていた。

　皆の前でなんて、無理なのだ。後孔に淫具を挿入した状態で日常を過ごすだけでも無茶なのに、その状態で達しろだなんて、無理難題すぎる。

　それは、しごくまっとうな訴えのはずだった。仕事中に淫具を挿入してイくだなんて、普通はありえない行動だ。

　けれど、その普通を普通だと思わせないのが、二人だった。

「なにを許してほしいと、佳樹」

　英一が容赦なく追いつめてくる。佳樹は思わず反論した。

「だって、おかしいでしょう……！　仕事中にこんな……イくなんて、無理……っ」

「なるほど。言われたとおりにできなかった、というわけか。呆れたな」

　そうして、蔑みの目で佳樹を見やる。

「だって……だって……」

　自分は間違っていない。おかしなことなど言っていない。

　そう思うのに、英一の眼差しに、佳樹は動揺する。見捨てられたら……と脳裏に浮かび、慌ててそれを打ち消した。

　見捨てられて、なにが困る。そもそも、佳樹の限界を超えた仕打ちをしてきた二人が悪いのだ。

――だって……恋人だったら……。

曲がりなりにも恋人であるのなら、佳樹が本気でいやがることはしないでほしい。今まで、様々な恥ずかしい行為を受け入れてきたが、仕事にまでかかわる行為はダメだ。そこはしっかりと、線引きをしておかなくてはいけない。

「し、仕事中は……こんなことしちゃ……」

「仕事中だから、より楽しいのに」

なんとか意思を伝えようとした佳樹に、季之が諭すような口調で割り込んだ。

「最近、英一さんがやさしいと思って、ちょっと勘違いしちゃったかな？　レッスンだって言ったよね、佳樹。もう一段、先の世界に進むために、これは必要なことなんだよ。ねぇ、英一さん？」

チラリと視線を寄こした季之に、英一が肩を竦める。

「わたしが悪いのか？　そうだな。少々、佳樹を甘やかしすぎたかもしれない。なにしろ、これだけもった奴隷……いや、恋人と言ってほしかったか。まあ、これだけ関係が続いた相手もいなかったから、愛着も湧いたしな。つい、可愛がりすぎたかもしれない」

「可愛がりすぎたって……それに、また奴隷……」

佳樹は青褪めた。本心から恋人と思ってくれていたか、あやふやだったのは事実だ。だからこそ、佳樹も二人に心を傾けきれなかったところがある。

しかし、こうもあからさまに奴隷と言われては、さすがの佳樹も反発心が目覚める。

「オレは……あなたたちの奴隷になったつもりはない。奴隷だから好きにさせたわけじゃ……！」

「はいはい。恋人だよね。俺も英一さんも、この一年は佳樹だけだよ？　佳樹を気に入っているから、関係をもっと先に進ませたいんだけどなぁ」

季之がベッドに腰を下ろし、佳樹の髪を撫でてくる。おぞましく感じ、佳樹はその手を払い除けた。

「嘘だっ。恋人だったら……本当にそう思っているなら、こんなひどいことするわけない。こんな……こんな、道具を挿れたまま会社に行けだなんて……皆の前でイ、イ……イけだなんて言うわけ、ない」

「一般的な恋人ならね。でも、俺たちは違うだろう?」

　そう言って、季之の手が佳樹のスラックスのベルトにかかる。佳樹は逃れようとした。しかし、狭い部屋の小さなベッドで、逃げようがない。簡単に季之に押さえつけられ、ベルトをはずされる。

「いやだっ……やめろ!」

「しーっ。そんな大きな声を出したら、隣に怪しく思われるだろう?　知られてもいいの、佳樹。自分は、男に襲われて勃起している変態だって」

「……っ」

　佳樹は息を呑む。一日中ローターに苛められて、身体は蕩けきっていた。そこに二人が現れて、こんなふうに強引に下肢を剝かれそうになっていて、いやなはずなのに反応している自分がいる。

　佳樹の頬が紅潮した。辱めに、涙が滲んだ。

　どうして、自分はこうなのだ。

「や……やめて……」

　ギュッと目を瞑る。スラックスのジッパーが下げられ、下着ごと強引に下ろされた。自分でもわかるほどプルンと、性器が外に飛び出る。

　英一が鼻で笑うのが聞こえた。

「相変わらず、立派な羞恥奴隷だ」

「奴隷じゃない。恋人だよ、英一さん。そう言ってあげないと、佳樹はすぐ拗ねるからね」

　季之もクスクスと笑っていた。それほど、佳樹の身体の反応は顕著だった。

「やだぁ……あぅ、っ」

　軽く、欲望を握られて、佳樹はさらに身も世もなくさせられる。下肢がジンジンと疼き、今にも腰が突き上がりそうだった。

　気持ちがいい。脳髄が蕩けるほど、季之の手で握られた性器が気持ちがいい。

　同時に、ローターを挿れられ続けた後孔が、ねだるように口を開閉し始める。

「ふ……後ろも口をパクパクさせて。一年半前は無知だった身体が、ずいぶん男に馴染んだものだ」

　英一が嘲る。恥ずかしさに、佳樹は全身が赤く染まった。男に馴染んだなんて、恥ずかしすぎる。

　一方、季之は別の指摘をしてくる。

「ねえ、佳樹。下着が朝のままなのに、先走り程度にしか濡れてないね。一日我慢したの？　皆の前で、ローターで苛められていたのに」

　ビクン、と佳樹の下肢が突き上がった。同僚たちの前で喘（あえ）ぎそうになった記憶、感じている自分への羞恥、そういった諸々を思い出し、快感が込み上げる。

「や、やめ……言わない、で……ぁ」

「でも、この状態で一日我慢できるとしたら……この程度では、恥ずかしいと感じなくなってきたのかな、佳樹？」

　意地悪く、季之が訊いてくる。性器を握る手が、ソロリと幹を撫でた。

　佳樹はビクビクと震える。イきたくて、込み上げる熱を解放したくて、全身が戦慄（わなな）いた。だが、イけない。なぜなら――。

「イかせてやってもいいぞ、季之。イけるものなら、な」

　意地の悪い英一は、もうとっくにわかっているのだろう。季之だって、さっきまでの問いかけはわざとだ。わかっていて、佳樹を嬲っているのだ。

　佳樹は顔を両手で覆って、啜り泣くような声を上げた。着衣を剝ぎ取られた下肢は、もうとっくにしどけなく開いている。

「そうだね。このままの状態で一日いたのなら、可哀想だ」

　季之が性器を握った手を上下に動かし始める。やさしく扱き、時に先端を指の腹で撫で、精巣をくすぐる。

「あっ……あっ……あ、んぅ……んんっ」

　直接的な刺激に腰が揺れる。我慢しようもなく淫らな動きを、佳樹は止められない。

と、背筋がひときわ鋭く反り返った。

「あぁぁ――っ！」

　ヒクン、と下肢が揺らぎ、全身が痙攣する。目の前を星が飛び散り、佳樹は遂情した。

「あ……あ……あ……あぁ、ぁ」

　しかし、季之に握られた性器は鎮まらない。そそり立ったままわずかに先端を濡らし、熱くなっていた。

　季之が含み笑う。

「中イキしちゃった？」

　そうではないことは百も承知で、意地悪く言う。言葉も出ない佳樹に、英一がダメ押しする。

「違うだろう。イキすぎて、もう出るものがないだけだ」

　立ち上がる気配がして、次いで、ベッドがギシリと軋んだ。半身をベッドに横たえ、足を床にはみ出させた佳樹を挟むように、季之とは反対側に英一が腰を下ろしてくる。顔を覆う両手を、引き剥がされた。

「ゃ……」

「言いつけを破って、隠れて自慰をしてやり過ごしたな。イキすぎて、もう精液が出ないのだろう。悪い奴隷だ」

　佳樹の目に涙が盛り上がる。

「奴隷じゃ……ない……んっ」

　英一に唇を塞がれる。ねっとりとキスを味わわれてから、唇がわずかに離れた。そのまま、英一が囁く。

「言うことをきかない子は、奴隷だ」

「そんな……あぅ、っ！」

　急に、体内のローターの振動が激しくなり、佳樹は声を上げた。反対隣から、季之の楽しげな声が落ちる。

「いけない奴隷にはお仕置きだよね、英一さん。今度は実際に、中イキしてもらおうか」

「そうだな。わたしたち二人の恋人だと言うのなら、躾が必要だ」

眼鏡の奥の目の色が、怖い。

「い、ぃや……やめ、て……あ、あぅ……あぁっ」

燻る熱が、体内に広がる。昼間、何度も自慰をして吐精した身体は、新たな快感にもう精液を吐き出す力がない。ただ悦びが燻るだけだった。


二人がアパートの部屋をあとにしたのは、それから二時間ほど経ってからだった。

その間、佳樹は二人からいたぶられ、何度も精を伴わない遂情を強いられた。

皆の前でイかなくて、ごめんなさい。

トイレで自慰をして、ごめんなさい。

繰り返し、謝罪をさせられた。

そうして、最後にはローターを抜いてくれたが、それだけだった。後孔は潤み、蕩け、穿つものを求めてあさましくひくついたが、放置された。

そこまでが、仕置きの一環だった。

『ちゃんとできたら、嵌めてあげるよ』

季之は言い、英一もイきすぎてもうなにがなんだかわからなくなっている性器を握り、端整な笑みを見せた。恐ろしかった。

『最後までしてほしければ、ちゃんと社内の人間の前でイけ。恥ずかしい快感を味わえたら、おまえはわたしたちの可愛い恋人だ』

嘘だ、と佳樹は思った。やはり自分は奴隷で、恋人ではない。どこまで、二人は佳樹を貶めたら気がすむのだろう。

そして、自分はどこまで、これに抗えるのだろう。

熱は、まだ内にこもったままだった。本当に欲しいものが与えられていないため、なにも解放されていない。

――なんで、こんなことに……。

佳樹は唇を嚙みしめた。こんなになっても、まだ二人からの仕打ちに反応する身体が、憎くてならなかった。

こんな身体になっていなければ、もっと毅然と二人を拒めるのに。

二人の扱いに怒っているが、佳樹自身だって二人にいわゆる愛情があるのかと聞かれれば、不明だった。通常の恋人同士で存在するような感情があるのか、自分でもあやふやだ。

知り合ってから一年半、付き合うようになってから一年ちょっと、二人は佳樹にある程度やさしかったと思う。恥ずかしいことはたくさんされたが、本当にいやなことはされなかった。いつも、ギリギリのところで佳樹を感じさせてきた。

だから佳樹も、なんとなく二人に気を許していた部分がある。はっきり恋人と言いきれるか少々あやふやな点はあるが、それでも少しずつ気持ちは近づいてきている、かもしれないと。

それだけに、今日の仕打ちは胸に堪えた。久しぶりに、最初に会った頃のような道具扱いをされている感覚に襲われた。

自分は二人にとってなんなのだろう。

そして、自分にとって、二人はなんなのだろう。

いいように嬲られただるい身体を抱きしめ、佳樹は疲労しきった瞼を閉じた。

§三

翌日、佳樹は重い身体を引きずって、アパートを出た。浅い眠りが、身体にダメージを与えていた。

今も燻り続ける熱のせいだ。こもった熱が淫らな行為の残滓を身体に感じさせていて、ふとした瞬間に全身を焙ろうとする。

違う。性癖については認めざるを得ないところがあるが、それで日常を捨てるつもりはない。

きちんと仕事を務め、それ以外の時間に恥ずかしい性癖を満足させる。

それならば、佳樹は自身のバランスを取ることができた。社会人として、自分で自分を養い、生きていける。最低限、そこは譲ってはいけない。

飲み込まれてはダメだ。

己を叱咤し、燻る熱を押さえつけて、佳樹は電車に乗った。いつものように人波に押し流されながら、なんとか乗車し、ホッと息をつく。

いや、ホッとしていい状況ではない。

誰かが、佳樹の腰に腕を回してきた。巧妙に、ドアのすぐそばに場所を確保され、隔離されている。

まさか、と顔を上げると、目の前に英一がいた。げっそりとした佳樹と対照的に、疲労の見えないすっきりとした顔をしている。

と、ベルトをゆるめられた。

「ひ、英一さん……」

よもや、昨日の季之と同じことをするつもりだろうか。

佳樹は怯えた。またローターを挿れて出社するなど、できるわけない。昨日だっていっぱいいっぱいだったのだ。今日もまたされたら、うまくごまかせるかわからなかった。

だが、英一の仕打ちは、季之よりもひどかった。ゆるんだスラックスのウエストから、大きな手が二つ、忍び込む。片手にはなにかが握られていた。

やめて、と懇願する眼差しで、佳樹は目の前の英一を見上げた。しかし、英一は素知らぬ風で、ドアの外に視線を向けている。

けれど、指は器用に動き、握ったなにかからもう片方の指になにかを絞り出していた。それを、後孔にねっとりと塗られていく。

「……っ！」

絞り出されたもので滑った指は、そのうち体内に入り込んできた。何度か行き来し、丁寧にそれを身体の内側に塗り込んでいく。

そこで初めて、英一が佳樹にだけ聞こえるよう、囁いてきた。

「昨日のやり方では物足りなかったようだから、今日は薬つきでやることにした。これで、皆の前でイけるな、佳樹」

「……ひ」

丹念に薬を塗られた体内から、一旦指が離れ、片手がスラックスから出ていく。その後、再び忍び込んできた手と共に入ってきたのは、あのおぞましいローターだった。

「ゃ……め……ん、っ」

薬の滑りを借りて、電車内だというのにスムーズに、ローターは佳樹の体内に埋め込まれていく。思わず縋（すが）った佳樹を、英一が軽く抱きしめた。

「大丈夫か？」

具合の悪くなった同僚に呼びかける体（てい）を取りながら、ローターの電源を意地悪く入れていく。

にぶく動きだした淫具に、佳樹は唇を噛みしめた。昨日の今日でひどい。そんなに、二人は佳樹の日常を破壊したいのか。

「言いつけをきかなければ、お仕置きだ。これで、皆の前でイきやすくなっただろう」

冷淡な囁きに、佳樹は身を硬くした。にぶいローターの動き。だが、昨日以上に肉奥が疼く。気を抜いたら、今にも腰が動きだしそうだった。

感度を高める薬を塗られたのだ。

「ひど……」

佳樹は英一を睨んだ。だが、英一は涼しい顔だ。それどころか、反発する佳樹の反応を楽しんでいる節（ふし）があった。

スラックスの乱れを整え、英一が佳樹の腰に腕を回す。その手は、佳樹の欲情を煽るように、尻を撫でていた。時々、割れ目をツツと辿る。

佳樹は、残酷な英一に罵声を浴びせたい衝動を必死でこらえた。ここで怒鳴っても、自分の恥にしかならない。なにをされているか知られたら、佳樹のほうこそ二度と表に顔を出せなくなる。

けれど、なんてひどい男なのだ。英一も季之も、最低の男だ。

そして、その最低な男からの仕打ちに身体を昂ぶらせている自分は、もっと最低だった。

次の駅でさっさと降りていく英一に、佳樹は屈辱に震えていた。

久しぶりにいい目をしていた、と英一は一人満ち足りた思いで微笑んだ。

ここから官庁街へと向かうのは面倒だったが、その甲斐はあった。

薬を塗られ、再びローターを咥え込まされた佳樹の、なんと悲愴な面持ちか。それでいて、折れまいと、踏みとどまろうと足掻く様子は、英一の嗜虐心を充分にそそった。

一見平凡に見える佳樹が、こうまで長く英一たちを惹きつける要因は、そういう日常にしがみつくところにある。

今度も充分抗い、英一たちを楽しませてほしいものだ。そのあげく、堕ちてきたら――。

英一の微笑みがわずかに、陶然とした色を滲ませた。

背筋を冷や汗が伝う。英一に塗られた薬は、時間を追うごとに効果を発揮していた。

佳樹はスーツのジャケットの前ボタンをきっちりと嵌め、なんとかスラックスの膨らみを隠していた。

「課長、こちらの見積書に印鑑をお願いします」

本当は席を立ちたくない。薬によってもたらされる衝動が治まるまで、どこかで一人になりたい。

しかし、仕事は待ってくれない。英一や季之が仕事を紹介してくれるおかげもあって、佳樹の仕事量

は増えていたから、休む余裕などなかった。

「ここからも続けて仕事が取れているようだな。この調子で食い込めるといいな、高山」

「はい。アフターケアのほうも手厚くして、メリットを感じてもらえるよう……んぅ、っ」

背後を通り過ぎた同僚の腕が軽く腰に当たり、佳樹は思わず喘ぎ声を上げそうになった。寸前でこらえ、呻くにとどめたが、頭の芯がジンと疼く。腕が当たったことで、内部の淫具が微妙に動く場所を変え、それが新たな快感を与えていた。

――腰から下が……蕩けそうだ……。

ただでさえ、朝からの刺激で思考が悦楽に流されそうになっていた。

「あ、ごめん、高山。痛かったか?」

軽く当たっただけでそんなはずはあるまい、と訝しげな様子で、同僚が訊いてくる。

それに佳樹は、曖昧な笑みで頭を振った。

「いや、ちょっとびっくりしただけだ。気配に気づかなかったから……」

「あ、そうなんだ。時々あるよな、そういうの、はは」

そう言って、同僚が軽く背中を叩いてくる。

――や、やめて……くれ……。

強い衝撃に中のローターが肉襞をグリと抉り、腰が突き上がりかけた。思わずよろめき、課長のデスクに下腹部が当たる。

「……っ」

ドクン、と性器が震えた。

――イ……く……っ。

擦り上げるような刺激に、佳樹はもう耐えられなかった。

「す、すみません。なんか、急に……お、お腹が……オレ、トイレに……!」

「お、おう。行ってこい」

「急げよ」

切羽詰まったような佳樹の言い訳に、課長も同僚も驚いた様子ではあったが、行けと勧める。佳樹はモゴモゴと謝罪し、駆け足でトイレに向かった。

　走る振動ですら、佳樹を追いつめる。

——ダメだ……ダメだ……こんなところで……！

　フロアを出て、廊下を走り、トイレに、さらにその個室に駆け込む。震える手で扉の鍵を閉めた瞬間、欲望が破裂した。

「……んん、んぅっ！」

　ビクン、ビクン、と勃起しきった性器が跳ねるように精液を放出する。

　解放の喘ぎが洩れそうになるのを、佳樹はとっさに腕に噛みつくことでこらえた。腰が揺れる。脳髄が溶ける。

「ふ……ん、ふ……はぁ、はぁ、はぁ」

　やがて、膝がくずおれた。個室内に、佳樹はへたり込む。その視線はトロンと、中空を彷徨っていた。

——気……持ち、いぃ……。

　我慢に我慢を重ねた末の放埓は、信じられない快感を佳樹に与えていた。しかもまだ、甘い悦楽が下肢から漂っている。

　佳樹の手が、スラックスのベルトをゆるめた。ジッパーを下ろし、下着の中に——。

「………っっ！」

　熱湯にでも触れたかのように、手が凍りついた。自分は今、なにをしようとしていた。無意識になにを。

　股間を扱こうとした震える手を、佳樹は口元に持ってくる。

——ダメだ……オレは、なにを……。

　放出の悦楽に蕩けて、自ら自慰をしようとした。足を広げて、声を上げ、快感を貪ろうとした。

　佳樹は頭を抱える。悦楽に流されて、とんでもないことをするところだった。

　自慰をするだけなら、まだいい。昨日も耐えきれずやってしまったことだ。

　だが、今の自分は自慰をするのみならず、好きなように声を上げて、思いのままに快楽を貪ろうとした。

そんなことをしたら、なにもかもが終わってしまう。喘ぎ声など出したら、個室内でなにをしているか、さすがに知られてしまう。

誰かが入ってくる足音が聞こえ、佳樹は身を震わせた。しばらくして、用を足す音が聞こえてくる。

誰かは知らないこの男に、あさましい声を聞かれていたかもしれないのだ。

佳樹の震えが激しくなる。

――身の破滅だ……。

用を足し終え、手を洗う音のあと、足音はトイレから離れていく。

また一人になり、佳樹はなんとか立ち上がり、蓋をした便座に座り込んだ。

濡れた下着が気持ち悪かった。昨日、あれほど搾り取られたせいか、我を忘れるような放埒だったというわりに量は少ない。それでも、不快感はある。

しかも、こんなに呆然としているのに、動き続ける淫具に内部を刺激され、まだ腰が動きそうになっていた。腰を突き上げ、できることならもっと中を苛めてほしい。

有り体に言えば、ローターなどではなく、英一や季之の逞しいモノを嵌めてほしいのだ。深々と串刺しにされ、中を乱暴に擦り上げられたい。

叫び出したくなり、佳樹はその衝動を髪をグシャグシャにかき混ぜることで耐えた。

だが、続けて人が入ってきて、呼吸が甘くなる。

――いやだ……やりたくない……。

心の一方がそう止める。理性が、佳樹を正常な方向に引っ張ろうとした。

それを拒むのは、下肢からにぶく広がり続ける淫靡な振動。薬によって増幅された悦楽――。

外から聞こえる用を足す音、続いて入ってくる人の足音、話し声。

身体の奥が熱い。こんな……こんな状態で自慰をしたら――。

――ダメ、だ……ダメ……。

しかし、佳樹は甘い誘惑に逆らえなかった。濡れた下着の中に手が忍び込み、達してなお熱い性器に絡みつく。

「……っ……っっ」

声を噛み殺し、佳樹は外から聞こえる人の気配、音に禁忌感を煽られながら、自身を慰めた。

――ぁ……こんな……こんなところで……イく、なんて……。

英一たちが要求した社内とは少し意味合いが違うかもしれない。しかし、人の気配を感じながらのトイレの個室内での行為は、佳樹の性感を十二分に高めた。

「……っ」

唇を噛みしめ、上がりそうになる声をこらえ、佳樹はどんどん昇りつめていく。

ついに、談笑で上がった声と共に、精を噴き上げた。

「はぁ……はぁ……はぁ……はぁ……」

気持ちがいい。いけないことをしているのがより、性感を昂ぶらせる。

だらしなく両足を広げ、佳樹は続けて性器を持つ手を動かした。どうしようもなく、止められなかった。

そうして精液が出なくなるまで、佳樹は個室内で自分を慰め続けた。


それでも、二人は許さなかった。英一と季之の要求は、人の複数いる社内フロアでの絶頂。

「トイレ越しだったら、いつもの遊びと同じだろう？」

そう言って、密会用のマンションに泊まらされた翌朝、可愛らしいローターではなく、今度はバイブを挿入される。

さらに、乳首にニップルリングを装着された。

「やめっ……あぁ、っ！」

スーツを着用する前の裸の胸に、銀色のリングで乳首を挟むようにつけられる。初心者用に調整された挟み具合は、ジンジンと淡く乳首を刺激した。

そこにバイブのスイッチを入れられ、佳樹の身体が跳ねる。

「……あうっ」

性器が快感を示しだし、佳樹は涙を零した。

こんなことはいやだ。こんな辱めには耐えられない。

「無理、だから……もぅ、許し……て……」

「会社でイくのは、そんなにいや？」

季之が小首を傾げる。少しだけ薄い光彩の目は、楽しそうに細められていた。

佳樹は何度も首を左右に振る。三人だけの時なら、いろいろな羞恥も耐えられる。他人の目があっても、二人がそばにいるならまだマシだ。

だが、英一も季之もいない、佳樹単独の社内で一人で晒し者になりながら快感に喘ぐだなんて、できっこなかった。

——道具扱いされているのに、まだ二人に縋る気持ちがあるなんて……。

そんな自分に、佳樹はいっそう涙を流す。理不尽だった。自分は頼る気持ちが捨てられないのに、英一や季之から見たら佳樹はただの奴隷だなんて。

耐えられず、佳樹は啜り泣いた。

「ひどい……ひどいよ……オレをこんなにしておいて……あなたたちは、オレを道具にしか思っていないんだ。恋人だなんてごまかして、本心は奴隷だって……。二人がいないのに……オレ一人だけで、会社でイけだなんて……そういう、こと……だろ」

なにを言っているのだ。これではまるで、英一と季之がそばにいるのなら、会社でイッてもいいと言っているようなものではないか。

会社の皆の前でイくだなんて、ありえないのに。けれど、心の限界を超えた佳樹の口は、勝手に馬鹿なことを口走る。

「オレ……一人でイけ……だなんて……」

うずくまり泣き伏す佳樹に、季之は困惑した眼差

しを向ける。感情が決壊してしまった様子の佳樹を

どうしたらいいか、英一に視線を送った。

英一が肩を竦め、ため息を吐き出す。

「——わたしたちに見られながら、恥ずかしいこと

をしたいのか？」

淡々とした口調は英一らしかったが、こちらにも

わずかに困惑の色が混ざっていた。

まるで、自分がとんでもないことを要求している

ようで、佳樹はカッとなった。

「あなたたちがそうしたんじゃないか……っ。それ

なのに、なんだよ、その態度。どうせオレは奴隷だ

よ。恋人じゃない、玩具だ……っ」

「そんなに奴隷が気に入らないのか？　だが、今は

おまえしかいないのだから、奴隷も恋人も同じだろ

う」

「同じじゃない！　恋人だったら……恋人だったら、

会社でイけなんて、ひどいこと言わない！　あなた

たちが見ているわけでもないのに……っ」

言っているうちに悲しみが込み上げ、佳樹は号泣

しだす。

自分はなにを言っているのだ。二人が見ているの

なら、こんなありえない要求が飲めるのか。いつの

間に、こんなに毒されてしまったのだ。

だが、二人が見ているのならば、これが三人の秘

め事だと思える。なんなら、恋人同士の行為と言い

換えてもいい気になる。そんなふうに思えるのだ。

けれど、二人の存在がない中での行為は、ただの

主人と奴隷のプレイでしかない。佳樹はただの玩具

だ。それが苦しい。

自分は二人の、ただの奴隷——。

自覚が、よりいっそう佳樹の心を傷つけた。奴隷

か恋人かの差は、英一と季之が考えるよりもずっと、

佳樹にとっては大きかった。

「……別に、裸になってイッているところそのもの

を見せろと言っているわけではないんだぞ」

戸惑った様子で、英一が言ってくる。季之は苦笑

していた。

「佳樹は……可愛いんだなぁ」

そんなことを呟いてくる。

「新しいタイプの奴……じゃない、恋人だ」

「そこは最初から恋人と言ってやれ。しかし、わたしたちにこそ見られたい、か」

英一が顎を撫でる。

「そういうところ、本当に奴隷じゃなくて、恋人っぽいよね。恋人か……うん。なんだか悪くないね」

季之がクスクスと笑い、佳樹へとしゃがんだ。泣き伏したままの佳樹の髪を、季之が撫でる。

「なあ、佳樹。それなら、俺か英一さんが見ていれば、社内でイッちゃえる？」

「…………は？」

唐突に話しかけられた内容に、佳樹は唖然とした。二人とも、佳樹の話を聞いていたのだろうか。

いや、聞いていたからこその発言か。

自分が叫んだ内容を反芻し、佳樹は恐る恐る顔を上げた。あの言い方ではまるで、二人が見ているならしてもいいと言ったも同然だ。

「見るなんて……無理だろ」

「手段は幾つかあるよ？　向かいのビルの適当な場所を借りるか、買うかして、双眼鏡で覗くとか。人を使って、監視カメラを取りつけさせて、中継するのもいいよね。あとは、佳樹にも協力してもらって、佳樹のパソコンから画像が送れるようにして、パソコンの前でイくようにしてもらうか」

「それなら、佳樹に隠しカメラを持参させて、うまく映るようにイかせてもいいだろう」

季之の提案に、英一が付け加える。

佳樹は信じられない思いで、二人を見上げた。

「嘘だろ……そこまでして、なんで……」

「それは、俺たちが佳樹を気に入っているからだよ。知り合って一年半。こんなに長く続いた……恋人は初めてだ。だからね、もう一段、ステップを上がろうか」

季之が発言に似合わぬ爽やかな笑みを浮かべて、佳樹に言う。淫ら事など似合わぬほどの涼やかな顔で、なにを言っている。

しゃがんだ季之とは対照的に、英一は立ったまま、佳樹を見下ろしてくる。

「わたしたちの関係は特殊だからな。普通の恋人のようなノーマルなセックスでは、物足りない。なに、もしも会社の人間におまえの行為がばれてしまったとしても、あとの始末はわたしたちが引き受ける。おまえの身が困るようなことにはならない」

「引き受けるって……」

二人とも、なにを言っているのだ。

たしかに、自分たちは普通ではない。今まで三人でしてきた数々の異常な行為を思い、佳樹もそこは同意せざるをえない。

しかし、今までの行為はあくまでも非日常な場でのことだった。知人に見つからない、他者にも見られそうで見られない状況を作ってくれたし、だからこそ、佳樹も激しい羞恥を感じつつ、二人との関係を受け入れた。

しかし、それらと今回の行為は違う。見知った同僚たちの中での行為は、危険度が跳ね上がる。知られたら、佳樹の無事はない。

「……オレに、会社を辞めさせたいの？」

性癖を歪ませたばかりでなく、二人は、佳樹からまっとうな人生すら奪いたいのだろうか。

「辞めるのも悪くない。ただそれよりも、わたしたちは、佳樹にもっと大胆になってもらいたい」

「大胆って……今でも充分、異常なことをしているじゃないか」

英一に、佳樹は反論する。これまでの行為でも、大胆なことはしている。

佳樹の肩を、季之が摑んだ。淫靡に囁く。

「ねえ、知っている人の中でいやらしいことをするって、すごくイイんだよ？　仕事中に淫らなことをするのもね。知りたくない、佳樹？」

ブル、と佳樹は身震いした。そんなもの、知りたくない。あんな中でイッたら、さすがにばれてしまう。そんな恐ろしいこと、できない。

英一の少し温度の低い声が落ちてくる。

「知られないように我慢しながら達するのは、最高の悦楽だ、佳樹。一人が寂しいなら、隠しカメラを用意してやる」

「なんなら、イヤホンも準備しようか？　カメラの映像を見ながら、俺が指示してあげるよ。あ、そうだ」

そこでポンと、季之が手を叩く。英一を仰ぎ見て、ニヤリと唇の端を上げた。

「英一さん、前に有給を消化しないといけないって言っていたよね。官公庁はそこらへんがうるさいって。日程を合わせて、英一さんも佳樹の恥ずかしいショーを見学しない？　カメラ越しに佳樹の恥ずかしいところを見ながら、指示を出してやろうよ。きっと佳樹も嬉しいよ」

とんでもない提案に、佳樹は唇を喘がせる。そんなことは受け入れられない。そこまでの行為はできない。

でも、二人が見てくれている――。

とたんに、身体の奥がズクンと疼きにも似た感覚を覚えた。

いやだ。怖い。でも。

佳樹の下腹部に視線を落とした二人がクスリと笑った。一人は楽しそうに、一人は冷やかに。

「嬉しいみたいだね」

「身体は正直だな」

佳樹はギクシャクと首を横に振った。違うと否定したかった。それなのに、身体のほうは嬉しそうに、再び快感を集めだしている。勃起した性器が蜜を滲ませていた。

「オレは……オレは……そんなこと、できない」

よろめきながら立ち上がり、二人から逃れようとした。

しかし、季之にあっさりと捕まってしまう。指がそっと、ニップルリングに挟まれた乳首を撫でた。

「見てほしいって、佳樹が言ったんじゃないか、ふふ。せっかくの会社での初めてを見逃すのはもったいないから、日程が決まるまではリングもバイブもなしにしてあげる。いいよね、英一さん？」

英一がフッと笑みを刷(は)き、頷く。

「そうだな、取っていい。だが、一度イかせてやれ。そのままの状態では、電車の中で出してしまいそうだ」

「了解。ホント、佳樹はエロい身体をしているなぁ」

片手で乳首を弄ったまま、もう片方の手で、季之が佳樹の性器を握った。

英一がバイブのリモコンで、先端の部分が回転するように操作してくる。突起のついた先端が回りながら肛壁を抉り始め、佳樹の声が裏返った。

「ひっ……やめ……あぁ、っ」

反り返った身体は季之の腕の中で、乳首のリングを軽く引っ張られる。痛みと、その痛みがもたらす新たな快感で、佳樹の下肢が揺れた。物足りない。

昨日から、いや、このレッスンを始めた時から、佳樹の肉筒を二人は犯していない。代わる代わる挿入して欲望を吐き出すことなく、ただ佳樹の悦楽のみを煽り立ててきた。

それに泣いて喘ぎながら、抱かれる快楽を教え込まれた佳樹の肉体は、物足りなさに焦れていた。

犯されたい。二人に力強く、肉奥を突かれたい。

達しても達しても、その燻った欲望は薄まらない。高まるばかりだった。

惨めで、悔しくて、佳樹は泣いた。こんな状態でもなお感じてしまう己を嫌悪した。

ひどいことをされているのに、どうして自分はこんなに感じてしまうのだろうか。この二人にされることに、どうしてここまでの快感に溺れてしまうのか。

――いやなのに……でも……っ。

バイブは強くなったり、弱くなったりして、佳樹を責める。季之の手はリズミカルに佳樹の果実を擦り、撫で、吐精を促す。ニップルリングで挟まれた乳首を突つかれると、身体が跳ねた。

それらを、英一が冷徹な眼差しで見下ろしている。

「よくここまで淫らになったものだ」

嘲る口調に、佳樹は思わず、英一を睨み上げた。

「誰の……せいで……あ、あっ」

「よそ見はダメだよ、佳樹。気持ちいいことにだけ集中して」

季之が耳朶にキスする。そのままねっとりと舐られて、背筋を快感が這い上がる。

「いや……やだ……あ、んっ」

首を振り、快感を逃そうとするが、それを許す季之ではない。英一も、リモコンでバイブを操作してくる。

「……ひぅっ！」

バイブの動きが最大強度に高められ、その抉る動きに佳樹は全身を仰け反らせた。精液がピュッと放たれそうになるが、季之が根元で堰き止めてしまう。

「な……んで……」

イかせるために、こんなことをしているのではないか。

季之が鼻先で含み笑った。

「まだ時間があるよ。もう少し、楽しませて？」

「そうだな。朝から良い痴態だ」

カシャ、とシャッター音が響く。いつの間にか取り出した携帯端末で、英一が写真を撮っていた。

「い……やっ」

ビクビクと、身体が反応した。見られることに、撮影されることに、快感を得ているのだ。

見ないでほしい。撮らないでほしい。こんな恥ずかしい姿を、やめて。

けれど、そう思えば思うほど、佳樹の悦楽は高まっていく。しだいに、頭がぼんやりしてきた。しどけなく、足から力が抜けていく。

「いや……や……」

拒絶の言葉を洩らしながら、涙を零しながら、佳樹は二人の男からもたらされる恥辱に堕ちていく。時間いっぱいまで達することを許されず、ようやく精を迸(ほとばし)らせた時には、脳髄まで蕩けていた。

「ぁ……ぁ……ぁ……ぁ、ぁ……」

横たわった佳樹がヒクヒクと精液を洩らしながら痙攣しているのを、二人の男が鑑賞している。その目は喜悦を滲ませながら、冷徹だった。佳樹を堕とす、支配者の眼差しだった。

§四

一週間後、佳樹は気が遠くなる思いをしながら、出社した。鞄にはペン型の隠しカメラを持たされ、耳には小型のイヤホンがセットされている。そこから、英一と季之の指示が送られてくるのだ。

本当にやる気なのだろうか。

いまさらながらに、佳樹は足掻く。会社の佳樹のパソコンは、昨日のうちに遠隔操作で映像が送れるようにされており、隠しカメラと併せて両方から佳樹の様子が見られるようになっている。

イヤホンから指示を送る電波の関係上、英一と季之は佳樹の会社ビルに程近いシティホテルの一室を押さえ、そこに必要な装置を設置して、待ち構えていた。

逃げ出してしまいたい。なにも、佳樹が二人の命令をきかなくてはいけないわけではないのだ。

――そうだよ。そうすればいい。

二人に見られたいだなんて馬鹿なことを言ってしまったのは佳樹だったが、今思い返してみれば、あれはその場の雰囲気に流された部分が大きい……と思う。二人に見られながらならば……など、あの時の佳樹は頭がどうかしていたのだ。

だから、二人の命令をきく必要なんて、ない。ギリギリでなんとかあがこうと、佳樹は自分を納得させようとする。

会社には突発で体調が悪くなったとでも連絡して、自宅アパートに戻ってしまえばいい。

——そうだ。

英一も季之も、脅迫という手段では、佳樹を脅していない。今まで撮影した数々の痴態写真や動画の公開をするなどの手段で、佳樹に今日の行為を強制してはいない。

ただ、命令したのみだ。やれ、と。

——そうだよ。だから。

佳樹は逃げられる。今までだって馬鹿正直に出社することなどなかったのだ。淫具を挿入されたら、欠勤していればよかった。

——そのとおりだ。

佳樹は立ち止まる。

今日の準備のため、昨夜はいつもの密会用のマンションに泊まらされた。ただし、夜に淫らな行為をされることはなかった。先週の朝のあれが最後で、この一週間、佳樹はなにもされず過ごしていた。

とんでもない淫行で疲労していた身体も、すっかり回復している。

ただ、それを物足りないと……いや、考えてはダメだ。小さく、佳樹は震えた。

なにもされなかったのは、昨日まで。今朝は裸に剝かれて、後孔にバイブを、乳首にニップルリングを装着された。

ジン、と身体が疼いた。適度な強さに挟まれた乳首が、にぶい痛みと一緒に存在を主張している。埋め込まれたバイブが、身じろぐたびに肉襞を刺激していた。ゆるく振動しているのが、またたまらない。

佳樹は唇を噛みしめた。家に帰ろう。逃げてしまえば、今日は助かる。

——オレは……二人の奴隷じゃない。

どうしても、命令をきかなくてはいけないわけではないのだ。

しかし、足が動かない。

もし、佳樹が言いつけをきかなかったら。

もし、このことで、二人と別れることになったら。

帰りたかった。自分の性癖をある程度は受け入れていても、今日のこれは許容範囲を超える。

――そうだ。帰ればいい。

けれど、もし。もし、このことが原因で、二人に見捨てられたら。

その恐怖が、ふいに佳樹を襲った。

二人と離れられれば、もうこんなアブノーマルな行為とは無縁でいられる。無縁でいるべきだ。

だが本当に？　本当に、佳樹は無縁でいられるのか？　この一年半の日々を思い出さずにいられるのか。求めずにいられるのか。

――そんなこと……。

自分でも、求めずにいられるのかわからない。この、溺れるような悦楽の日々を。

佳樹は俯いた。

不公平だ、と佳樹は思った。佳樹は二人を逃したら、この性癖を抱えたまま悶々と時をやり過ごしていくしかない。しかし、二人はまた新たな奴隷を見つけるだけだ。二人の奴隷は、佳樹でなくてもかまわない。

それなのに、佳樹は――。

二人以外とセックスできなくなった佳樹は、結婚もできない。恋人だって作れない。

それならば、このまま言いなりに奴隷でいるのか。

奴隷――。そうだ、自分は二人の奴隷だ。恋人ではない。

どう自分をごまかそうと、それが現実だった。

涙が滲んだ。泣くわけにはいかないからこらえたが、胸が痛んだ。

結局、肉欲の繋がりしかない関係は、恋や愛とは無縁なのだ。少しでもマシな関係だと思いたくて、『恋人』という言葉にこだわっていたけれど、本心では違うとわかっていた。佳樹は馬鹿だ。

今こそ引き返すべきだ。まっとうで、普通の人生に戻るべきだ。戻れる。身体がなんと言おうと、そうすべき——。

佳樹は踵を返そうとした。

『——どうした、佳樹。会社に行かないのか?』

そこに、英一の声が聞こえてきた。携帯端末の位置情報から、佳樹が会社近くで立ち止まっていることに気がつき、話しかけてきたのだろう。

ただし、イヤホンしか装着していないから、一方通行だ。佳樹からは声を送れない。

それなのに、話しかけてくるなんて、ずるい。

イヤホンを通して問いかけてくる英一の声は、命令するものではなかった。佳樹が会社に行っても、あるいはこのまま帰っても、どちらの意思でも尊重するという気配があった。

それがずるいのだ。ここまでしていまさら、佳樹の意思に任せるなどというある種のやさしさを見せるのが、ずるい。

——オレは……奴隷なんだろう、英一さん。

恋人だと言い繕っても、本質は奴隷で、だから佳樹は道具扱いで、快楽に鳴かされて。

しかし、時々こうやって佳樹の人格を慮るような態度を見せるから、混乱する。奴隷よりもう少し大切にしてもらえているのかもしれないと、思ってしまう。奴隷だとわかっているのに——。

『——おまえの恥ずかしいところを、見たかったのだがな』

囁くような、静かな願い。

甘やかな陶酔が、耳朶から背筋を伝い下りる。

英一のあの冷徹な眼差しで、見られる。社内の、同僚たちの中で一人、絶頂に至る姿を鑑賞される。

コクリ、と佳樹の喉が鳴った。

ダメだ。理性の言うことを聞け。

佳樹の冷静な部分が、己をたしなめる。今までの三人での行為だけなら、まだいい。まだかろうじて日常に踏みとどまっていられる。

だが、今日のこれをしたら……。

わかっている。わかっているのに、身体が熱い。英一の目、季之の目、二人の男の眼差しに焼かれる自分。

——ダメ……ダメ、だ。

奴隷なのだ。所詮、あの二人にとって、佳樹は恋人ではない。どれほど言葉を飾っても、絶対恋人にはしてもらえない。道具にすぎない。

でも……でも。

快楽に満ちた未来と、平凡だが穏やかな日常。今ならまだ、戻れる。

『佳樹……』

熱を孕んだ囁き。淫具を咥え込まされた後孔が、キュンと窄まった。

まるで、佳樹の様子が見えているかのように、英一が続ける。

『大丈夫だ。周囲にばれても、わたしが一生、おまえの面倒を見る。季之もな。どんな痴態を晒しても、わたしたちはけして、おまえを見捨てない。恥ずかしいおまえこそ、わたしたちにとっては最高に可愛らしいのだからな』

「……ぁ」

頬が赤くなる。頭がグラグラした。

望む言葉ではない。恋人とは言われなかった。けれど——。

ニクヨク　ヲ　エラブ　ノハ、イケナイ　コトナノカ。

異常な言葉が、脳髄の奥から湧き上がってくる。

それを必死に、佳樹は否定する。

恋人じゃない。こんなの絶対に恋じゃない。佳樹もそうだし、英一も季之も同じだ。三人でのこの淫らな関係に、恋も愛もない。

わかっている。ああ、でも。

『見せるんだ、佳樹』

依然として甘さはない英一の声に、佳樹の頭の芯がジンと痺れた。

――オレは……オレは、こんなこと……。でも……。

抗えない。

なにかに突き動かされるように、佳樹の足がふらつきながら踏み出された。

「やっと踏ん切りがついたみたいだな、やれやれ」

季之が大袈裟な仕草で、額の汗を拭（ぬぐ）うふりをする。

佳樹の様子を窺う車内で、英一は軽く鼻を鳴らした。

「少しはおまえも話せばよいものを」

「ダメだよ。俺じゃあ軽すぎて、佳樹を説得しきれない」

そうして浮かべた笑みは、いささか苦笑じみていた。その表情に、英一は片眉を上げる。

「なんだ。少しは佳樹に本気になったのか?」

軽く問いかけると、季之は心外そうな顔になる。

「英一さんと一緒にしないでほしいな。俺は別に、佳樹一人が相手じゃないし」

「おまえのあれは接待だろう。芸事の流派を盛り立てるのは、なかなか骨が折れる」

季之の実家である茶道香月流宗家は、弟子の数もそこそこおり、流派としてはそれなりの規模だったが、それに胡坐（あぐら）をかいてよいものではない。流派に資金を出してくれる相手は大事にしなくてはいけないし、富裕層のマダムたちを弟子にするのも、流派にとっては大切な仕事だった。

女性受けする容姿の季之は、そちらの方面で貢献することが求められている。

もっとも、貞操観念が低く、愉しむことに罪悪感がない季之には、さして苦にならない役目ではあったが。

「英一さんこそ、佳樹にはずいぶんやさしいじゃないか」

揶揄されたのが悔しいのか、季之が逆に攻めてくる。英一は吐息だけで笑った。

「稀有な素材だからな。堕とすためなら、多少の甘言くらい弄するさ」

「甘言ねぇ。けっこう本気っぽかったけど」

「嘘は言っていない」

英一はそう嘯いた。

事実、嘘はついていない。なにかがあれば、後始末をすることは季之とあらかじめ話し合ったとおりだし、そこにはやがて飽きたあとの佳樹の面倒も含まれている。

恥ずかしい姿を晒したくらいで見捨てないのも、そのとおりだ。もともと、そういうふるまいに羞恥する姿を見せる人間を好んでいるのだ。

そうして、恥じらう様子を最高に可愛いと思うのは、当たり前だった。

すべて、本当のことばかりだ。

ただ、季之の態度が、英一は気にかかる。多情な人間が本気になると案外一途だと言われているが、季之もその口だろうか。佳樹の潔癖さを考えれば、それでなにが困るというわけではないが。

そんなことを話している間に、佳樹が会社ビルに入っていく。

「よし。ホテルに向かおう」

「了解」

季之が車を発進させ、英一はもう一度、チラリと佳樹の会社ビルに視線を送った。

――さあ、佳樹。どこまで、わたしたち二人を夢中にさせてくれる？

楽しみつつ、英一は季之と共に、用意したホテルに向かった。


心臓が破裂しそうだ。

佳樹はひそかに、周囲に視線を巡らした。始業時間から三十分が経過し、皆忙しそうにそれぞれの業務を始めている。

　佳樹も決済の必要な書類を上司に回したり、今日の営業のためのカタログや書類を揃えたり、確認の電話をしたりと、毎朝の決まりきった行動(ルーティン)を必死にこなしていた。必死に、だ。

　身体の中で、バイブがにぶく振動している。ニップルリングを装着された左胸は痛いほど張りつめ、挟まれていないほうの乳首は逆に、摘まんでほしいと言わんばかりにピクピクとシャツを押し上げる。ここが社内でさえなければ、こらえきれず、自分で右胸を弄(いじ)っていたかもしれない。

　それほどの、刺激であった。

――こんな……ところで……。

　朝の日差しが明るい会社フロアというのが、いっそう佳樹の性感を高める。それがわかるだけに悔しく、情けなかった。

　己の性情が厭わしい。あの二人に遇(あ)わなければ、知らずにすんだのに。

　そんな思いが込み上げる。

『――営業に行く前に、まずは一回、イッておこうか』

　屈辱感にわずかに唇を噛みしめたところで、季之の楽しげな声が耳朶を打った。

　佳樹は小さく、息を呑む。

　今、やれと言うのか。

　だが、身体が強張った瞬間、後孔に挿入されたバイブの振動が一段階上がった。同時に、先端の部分が肛壁を刺激するようにゆっくりと回転を始める。

「…………っ」

　上がりかけた声を、佳樹はすんででこらえた。

――や……めて……。

　今までの振動と塗り込められた催淫剤のせいで、ただでさえ快感に蕩けていた中がチュクチュクと窄まり、とっくに勃起していたペニスがいっそう硬くなる。ニップルリングに挟まれた左乳首がジンジンと快感を訴え、右胸が同じ悦びを求めて、摘まんでほしいといっそうせがむ。

無意識に、右胸をシャツに擦るように押しつけていた。

――ダメ……だ。こんな、こと……。

気を抜くな。変な動きをしたら、佳樹がどういう状態なのか、周囲に知られてしまう。

それは絶対にダメだった。佳樹が、日常の中で恥辱的な行為で快感を得る変態だと知られたら、生きていけない。

英一と季之によって引きずり込まれた淫獄で、快感を得ているのは事実だ。佳樹の身体は二人によって変えられ、ごく普通の――例えば女性とのセックスなどの――行為ではもはや反応しない身体になってしまっていることも理解している。二人との関係を続けることで、受け入れているともいえる。

けれど、これは。

――ばれちゃダメだ。ばれちゃダメだ。

何度も、佳樹は自分に言い聞かせ、襲ってきた衝動をこらえた。

だが、腰が動きそうだ。振動だけでなく、中を突き上げてもらいたくて、恥ずかしいほど腰を動かしたい。背筋をもっと反り返らせて、疼く乳首をシャツの繊維で擦り上げたい。

『佳樹、パソコンを見ているふりで右手をマウスに、左手を腿に下ろせ』

なんとか己の感じている情動を周囲に知られないように耐えていた佳樹に、英一が冷たく指示を出してくる。

――左手を……下ろすって……。

腿に触れるのであって、性器に触れろと言われたわけではない。しかし、今の快感に責められた状態で、例え腿であっても触れる感覚があったら、どうなるか。

背筋を快感が這い上がるだろう。そして、その手を性器に移動させたくなるかもしれない。触れて、もっと気持ちよく――。

その恐れを読み取ったかのように、英一が低く、嘲るような笑いで、佳樹を嬲った。

『ジャケットの下から触れていれば、自慰も不可能ではないが、やるか?』

『いいね。やりやすいようにもっと脚を広げて、ペニスを擦ってやりなよ、佳樹』

季之までもが楽しそうに、佳樹をそそのかしてくる。

できるわけがない!

佳樹はきつく、唇を噛みしめた。

と、横から同僚の丹沢が話しかけてくる。

「なあ、高山。N社の会議室用の椅子の件だけど……ん? どうしたんだ。そんな険しい顔して。なんかあったのか?」

唇を噛みしめ、パソコン画面を睨んでいた佳樹の様子に、丹沢が首を傾げる。

佳樹は慌てて、ぎこちなく手を振った。

「な、なんでもない。ちょ……っと、きょ、今日のルートをどうしようか……って、考えていて。S社とO社に回るんだけど、距離が……」

「ああ、正反対の場所だもんな。たしか、地下鉄の路線も違っていなかったか? 面倒だよな、はは」

丹沢が明るく笑い声を上げる。佳樹もなんとか笑みを作り、しかし、すぐに凍りつく。

『佳樹、そのまま左手を下ろして、スラックスの上からでいいからペニスを撫でろ。今日は、皆の前で射精する約束だ』

英一の指示に、佳樹の頭の中が『無理』の言葉でいっぱいになる。

できない。隣に同僚がまだいるのに。

『見ていてやるからさ、佳樹、気持ちよくイッて? できないなら……』

季之の声と共に、バイブの振動がまた一段階高められた。

「…………っ!」

思わず、ビクンと背筋が伸びる。その拍子に、ニップルリングに挟まれた左乳首、なににも刺激されていない右乳首がそれぞれワイシャツの生地に擦られ、グズリと下肢が蕩ける。

「どうした、高山?」

「な、なんでもない。ちょっと……き、昨日、走って……筋肉痛が……」

とっさに適当なことを口走ってごまかすが、頭の中は新たに与えられた快楽にどうかなりそうだった。

「なんだよ。走ったくらいで筋肉痛か? 運動不足だぞ、高山」

丹沢が笑い、二、三度、佳樹の肩を軽く叩く。

——ひぅ、っ……や、やめ……!

叩かれて揺れるたび、中で振動するバイブが位置を変え、蕩けた肛壁をいたぶる。乳首がワイシャツに擦れて、腰が震える。

『佳樹、手を下ろせ』

英一が。

『今、ペニスを弄ったら、気持ちいいよ。やっちゃいなよ、佳樹』

と、季之が。

ダメだ。ここでイくなんて。隣に同僚がいるのにイくなんて。

けれど、英一の低音の囁きが。

『見ていてやる。おまえの恥ずかしいふるまいのすべてを』

見られている。英一に、そして、季之にも、佳樹が会社のフロアで、一人気持ちよくなり、ペニスに触れ、絶頂するのを。すべて、二人に。

コクリ、と喉が鳴った。丹沢との会話に応じながら、佳樹の左手がソロリと腿へと落ちる。ジャケットの裾の内側に、その手が潜り込んでいった。

——なにを……しているんだ。オレは……。

いけないという、理性の声。

こんな場所でイくつもりか、と止めてくる。馬鹿なことはやめろ。

脚が、おずおずと広げられた。机の下で、ひそかに。

――やめて……いやだ……。

抵抗する意思は、嘘ではない。こんなところで、こんなことをするのはいやなのだ。イくなんて、射精するなんて、佳樹は変態ではない。人の前でそんなことをして悦ぶ、変質者ではない。

そんな人間になりたくない！

だが、その思いとは裏腹に、腿へと下りた手は自身の欲望へと触れていく。

「……っ」

「でさ、N社の会議室用の椅子だけど、前におまえが別件で購入した時、割引してもらえたって言っていただろ？　どれくらい割り引いてもらえたんだ」

「そ、れは……えっと、たしか……」

左手が、完全に勃起し、スラックスを押し上げている性器を包むように触れる。

――気持ち……いぃ……。

ジュク、と肉奥が濡れた。女性ではないのだから、実際にはそんな機能などないはずなのに、濡れたとしか言いようのない感覚が佳樹の中から広がった。

『いいぞ。そのまま一度、座り直す動きをしてみろ』

英一に言われるままに、佳樹は軽く腰の位置を直すように、椅子での位置を変える。

わずかに腰を浮かした時、そして、それを座面へと落とす動きに、挿入されたバイブが肉襞を擦るように移動する。

――ひ……んっ……！

一瞬、キンと耳鳴りがした。左手に包まれている性器が熱く震える。

だが、達しかけたそれを、佳樹はわずかな理性で懸命に押し止める。

同僚がまだ隣にいるのに。会話しているさなかに、そんなことできない。

『ふーん。まだ我慢するんだ』

季之のからかうような声のあと、バイブの振動が最高値にまで一気に引き上げられた。

――やめ……っっ！

背筋がビクンと震える。どうにか衝動をやり過ごさなくてはと、佳樹は同僚との会話に意識を集中させようとした。

――ここは会社。せめて、皆が営業に出かけて、もう少し人が少なくなるまで……！

佳樹は丹沢を仰ぎ見て、会話の続きを口にする。

「たしか……あの時は、二割だった、か……」

その時、左胸のニップルリングからピリとした痛みが乳首へと走った。

痛い。けれど、痛みが今は、快感へと変わる。刺激が腰に、そして、季之の含み笑いと、英一の指示。

『――イけ』

性器を包んでいた左手が、グッとそれを摑む動きに変わる。ピリピリとしたニップルリングからの痛み、中で蠢くバイブの強い振動、そして、カメラの向こうから感じる二人の男の視線。

――ダメ、だ……やめ……いやだぁ、っ！

背筋が一度、二度、震えた。腰が揺れかけ、それを欠片だけ残った理性が懸命に止める。

だが、ぎこちない笑みを浮かべたまま、佳樹の視界は束の間、真っ白に染まった。

『蕩けた顔をしてるな』

英一の囁きに、皆に知られる恐怖と、知られる辱めの二つを同時に感じさせられ、限界にまで昂りきった果実に最後の一押しが加えられたのだ。

――皆に蕩けた顔を見せて、イ……く……こんなところで……隣に同僚がいるのに……オレ……イく……イッちゃうぅ、っ……！

かつてないほどの羞恥の中、佳樹はとうとう一線を越える。左手に包まれた性器がドクンドクンと震え、熱い悦びを迸らせた。信じられない絶頂感だった。こらえようとする理性が欠片だけでも残っているだけに、快感はいっそう深く、佳樹を責め苛んだ。

「ふーん、二割か。けっこう引いてくれたんだな。それじゃあ、こっちも頑張れるか。――あれ、おまえ……いや、なんでもない。ありがとう、高山」

佳樹の醜態になにか感じたのか、丹沢が首を傾げるが、それ以上、特に不審を覚えなかったのか、礼を言って去っていく。

よかった。ばれなかった。安堵が、さらに佳樹の性感帯をピリピリと刺激した。

そっと周囲を窺うが、佳樹の異常に気づいている人間は誰もいないようだった。

知られなかった。こんなに気持ちよくなっているのに、ばれなかった。こんなに、こんなに気持ちよく……。

——……違う、そうじゃない。オレ……オレ、今……。

佳樹は青褪める。青褪めながらも、全身がジンジンと疼いた。あんなにダメだと思っていたのに、よりにもよって同僚と会話中にイくなんて……。

そうだ。丹沢との会話中にイッてしまったのだ。自分は。

『ちゃんとイけた？』

『確認してやろう。トイレに移動しろ、佳樹』

無情な指示だが、呆然としている佳樹には聞こえていない。

——ぁ……あ、ぁ、ぁ……こんなところで……こんなところで、オレ……。

しでかしたことに、心が追いついていけなかった。しかも、ショックを受けているのに、触れている下腹部はまだ……熱い。

と、机に置いていた携帯端末が震えた。佳樹はビクリとしたが、取引先からのものかもしれないと慌てて画面を見る。

「……っ」

悲鳴が上がりかけた。表示は、英一のものだった。画面を見つめたままの佳樹に、どうしたのかと近くの席の女性が視線を送ってくる。電話に出ないのだろうかと、不審顔だ。

この異常を知られてはいけない。佳樹は急いで、通話に出た。

「も、もしもし……」

『佳樹、トイレに移動だ。きちんと射精できたか、確認させろ』

「そ、そんな……できな」

『見てやる。会社で射精した、おまえの恥ずかしいところをすべて。見てもらいたいのだろう?』

悪魔の囁きだった。身体の奥にある肉欲の熾火(おきび)がチロチロと燃え上がる。

気がつくと、佳樹は席を立っていた。携帯端末を耳に当てたまま、フロアを出る。

――オレ、なにやって……。

そう思うのに、身体がジンジンと疼いて、足を急き立てる。

――見てやる。

その囁きがどうしようもなく、佳樹をおかしくさせていた。性器がまたスラックスの前を押し上げだし、佳樹は腹を押さえて前屈みの態勢で、トイレの個室に入った。腹の調子でも悪いのかと、すれ違った相手には思われただろう。

実際には、個室の鍵をかけた瞬間、佳樹の呼気は甘くなり、片手が股間に触れた。

目尻に涙が滲んだ。通話をテレビ電話に切り替えろと命じられる。画面越しに、楽しそうな季之といつもの冷淡な眼差しの英一が映った。

ただし、声はイヤホンからだ。携帯端末から洩れた声で、佳樹が窮地に陥ることは望まない。そんな意思が感じられた。それだけが、佳樹の救いだった。

『佳樹、スラックスを脱いで、射精したところを見せろ』

『ちゃんと下着が濡れ濡れになっているかな? 見てあげるよ』

滲んだ涙が、眦から零れ落ちる。さっきまで張っていた気持ちが、個室に入ったことで崩れようとしていた。

静かにしていれば、フロアでのように誰かに気づかれる危険はない。その安心感と、ついに二人の要求に屈して、社内フロアで達してしまったショックが、佳樹の心を折る。

『見せて？』

季之の甘い声に、乳首が張りつめる。

『ぐずぐずするな。見てもらいたいのだろう？』

英一の命じる冷淡さに、達したばかりの性器の熱がさらに高まる。

携帯端末のカメラを下腹部に向けながら、佳樹はスラックスのベルトをゆるめ、ジッパーを下ろした。

季之が含み笑う。

『染みてる、ね』

やめてと口にしたいが、個室の外では小用を足すための気配が時折感じられる。

それに……佳樹はいけない人間だった。就業中に、皆がいる中で射精――。

片膝を閉じた便座に乗せ、震える手が濡れた下着を押し下げる。プルン、と再び勃起していた性器が外気に飛び出た。

今度は英一が嘲笑う声が、耳朶を打つ。

『本当に、いい羞恥奴隷だな、佳樹。恥ずかしくて、まだ勃起しているか』

嘲られ、佳樹から再び、涙が零れ落ちる。佳樹は、恥ずかしい人間だ。皆の前で達して、まだ感じている。同僚と会話しながらイッて……と思い起こしたとたん、ピクンと性器がまた成長する。

そんな自分が厭わしく、佳樹は首をいやいやと左右に振る。

『恥ずかしいのか？　見られて感じたか』

愉悦の混じった英一の目尻が、画面越しに笑みを刻む。季之がペロリと唇を舌で舐めるのが見えた。

『ああ、今すぐセックスしたい。佳樹の中、ガンガン突き上げて、たっぷり胤つけしたい』

その欲望の呟きに、佳樹の肉奥が蕩ける。

――ダメ、だ……オレ、今……頭がおかしい……。

犯されたい。今ここで、季之と英一の二人から、暴行されたい。

「は……ぁ、ん……」

片膝を便座に乗り上げたまま、佳樹は携帯端末をかざしていないほうの手で、ペニスを摑んだ。

『いいぞ。オナニーショーの始まりか』

見ないで。違う、見て。

口走ったら、外にいる人間に聞こえてしまう。でも、あぁ……。

外で小用を足している人間が水を流した。それに紛れて、佳樹は携帯端末をそっと口元に持っていく。

「見……て……」

『いやらしいなー、佳樹ってば』

『恥ずかしい奴め。見ていてやるから、ワイシャツのボタンもはずせ』

季之がからかい、英一が命令する。

性器から一旦手を離し、佳樹は命じられるまま、ワイシャツのボタンをはずした。ツンと尖っている胸を露わにし、ずっと触れたかった右の乳首をクニクニと摘まむ。ニップルリングに挟まれた左胸のほうは、英一たちがピリと電流を送り、刺激してくれた。

「……っ……っ……っ」

腰が揺れた。バイブが肛壁を虐める。

『ふふ、いつになく積極的だな、佳樹』

軽い口調ながら、熱っぽい目で季之が画面の向こうから佳樹の痴態を鑑賞している。

『ふ……乳首がそんなに寂しかったか。すっかり雌犬になったな』

違う、雌犬じゃない。男が乳首で感じるなんて……。

でも、気持ちがいい。

――乳首……キュッキュッ、して……あぁ……いい……。

触れられていない性器が、乳首への刺激でクッと反り返る。

自分はなにをしているのだろう。トイレの個室とはいえ、社内で、昼間で、しかも一度は皆の前で達して、なにを――。

いつの間にか閉じていた目をうっすらと開けると、携帯端末の画面に二人の男が映る。一人は嘲るように、もう一人は喜悦を滲ませて、佳樹の痴態を鑑賞している。見られている。

恥ずかしい。男なのに、女みたいに胸を弄って、それでペニスを勃たせて、後孔(なか)を淫具で犯されて、感じて。

――男なのに……オレ、男なのに……。

そのうち、胸だけでは物足りなくなり、性器に手が移動する。熱い欲望を握り、擦って、腰を振って、お腹の中の性具を喰いしめて、感じて、感じて、感じて。

「んぅ……――――っっ!!」

プシュ、と勢いよく、絶頂する。欲望の蜜が携帯端末へと飛び散り、さらにそれを越えて個室の壁にもかかり、佳樹は便座の上にくずおれる。

頭がボーッとし、なにも考えられなかった。

気がつくと、身体の中のバイブの動きも止まっていた。

『すごいよ。ブラボーだ、佳樹』

季之が拍手する音が聞こえた。

『気持ちがよかっただろう? 会社で恥ずかしいことをするのは。またひとつ、いい奴隷になったな』

「……ち、違……オレ、オレ」

奴隷じゃない。佳樹は奴隷ではない。恥ずかしいことを望んだわけでも……いや、いや、自分の身体は普通じゃない。

涙がポロポロと零れ落ちた。恥ずかしいことが好きな変態になどなりたくない。そんなのは間違っている。その気持ちは依然としてある。ちゃんと良識はわきまえている。消えたわけではない。

ただ身体が――佳樹の身体はどうしようもなく、英一、季之からの要求に弱くて、反応してしまって……。

『このあとは、営業に回るのだろう? 帰ってきたらもう一度、さっきのフロアで射精しろ。恥ずかしそうに達するところを、また見たいからな』

『だよね。英一さん、いつも休めるわけじゃないし、見られる時に見ておかないと。にしても、佳樹も好きだよなぁ。さっきも、蕩けた顔でオナニーショーしてくれて、ふふ』

『あれをさっきのフロアでもしてくれたら、もっと楽しいのだがな』

『いいね～。警察呼ばれそうだけど』

『警察に手を回すのは簡単だが、ショー自体はだいたい中途で止められるからな。つまらん』

『だよね。世知辛い世の中だよ』

画面の中で、季之が肩を竦める。

二人の会話に、佳樹はついていけない。さっきのフロアでの行為だけでも限界ギリギリだったのに、なにを言っているのだ。どこまで、佳樹に要求する気なのだ。

――オレ……このまま、どうしたら……。

怖い。しかし、身体が震えるのは、恐怖だけが理由ではない。すでに動きを止めている淫具を肉襞がキュウと喰いしめる。呼吸が上がり、胸が、下腹部がジンジンと疼いた。

――オレは……ちゃんと、働いて……日本で、ちゃんと生きて……生活して……。

それが、佳樹の最低限の望みだ。身体はいやらしく堕とされても、いや、堕とされたからこそ、日常の暮らしは手放したくない。

だが、今日。自分は境界線を越えてしまったのではないか。こんな仕打ちに感じて、今でも身体が蕩けていて、ちゃんと踏みとどまっていられるのか。

――いやだ……。

佳樹は呆然と、二人の男の異常な会話を耳に注がれ続けた。

§五

翌日、佳樹は高熱を出し、会社を休んだ。日中の、社内での行為だけが理由ではない。

あのあと一日中、淫具と言葉——営業で社外に出ている間は別だが——で嬲られ、夕方にはもう一度、社内でイかされ、のぼせた身体でなんとか退社した佳樹は、すぐさま二人に拉致(らち)された。

二回もイけたご褒美だと、連れていかれたのは、日が落ちた郊外の公園で、通常のそれより規模が大きいからか駐車場まで完備された園内に、佳樹は連れ込まれた。

「大丈夫だよ。ここなら、全裸になってもそうそう見えないからね」

季之がにこやかに言い、佳樹はスーツを剝ぎ取られた。その頃には悪戯され続けて、頭に半ば、霞(かすみ)がかかっていた。

けれども、淫らな記憶ははっきり脳裏に焼きついており、翌日になっても佳樹を責め苛む。

「や……めて……」

高熱に息を荒げながら、佳樹は夢にうなされていた。夢の中で、昨夜の淫行を再体験させられている。

夜の公園で裸にされ、園内のぼんやりとした外灯の照らすベンチで、佳樹は四つん這いにさせられていた。まだスーツのままの英一と季之に後孔を向け、ただただ中の玩具を取ってもらいたかった。

玩具はまだにぶく振動して、佳樹の下肢をどうしようもなく感じさせている。苛められ続けた花襞はヒクヒクと喘いで、見られているだけで物欲しそうに蠢いた。

一日中、そんな大人の玩具と二人からの淫語に煽られ、佳樹は頭がどうかなりそうだった。

弄られるだけ弄られて放置され、もうずっと抱かれていない。英一と季之によって抱かれる側の身体に作り替えられた肉体は、嬲られ、イかされるだけではダメだった。

――二人に……奥まで……。

挿れて、突かれて、ガクガクと揺さぶられたい。

もう……我慢できない。

燻り続けた欲望が、佳樹を愚かな欲望だけの玩具にしていた。

一方で、まだ理性はわずかに残っており、その理性が、外灯に照らされる中で惨めな痴態を晒す己に、涙を滲ませていた。

――どうしてこんなこと……。

――恥ずかしい……。

――男なのに……オレは、なんで……。

しかし、熟れきった体内に指を差し入れられたら、その理性も呆気なく溶けていく。

「い……や……」

意識を夢に沈ませたまま、佳樹はいやいやと首を振った。淫らな自分。恥ずかしい自分。

耐えがたいのに、夢は消えない。

高熱にうなされながら、佳樹の身体は淫らな夢にゆるく反応していた。

「ぁ……ん……」

恥じ入るような甘い声が洩れ、布団の中の手が胸をさする。

看病の名目で側にいた季之が、それに気づいて、クスリと目尻を下げた。

「なにしているんだか」

ソロリと布団の端を上げ、佳樹の手がなにをしているのか確認する。パジャマの上から、指が胸を弄っていた。

季之が片眉を上げる。上半身だけ布団を剝ぎ、パジャマの前をはだけてみると、可愛らしい乳首がツンと尖っている。下腹部に手を差し入れると、わずかに勃起していた。

英一はいない。季之と違い、堅い職業に就いている英一は、二日連続で休むわけにはいかなかったから、熱の出た佳樹を看ているのは季之一人だ。

なにを思ったのか、季之が佳樹の下着に指を差し入れ、勃ち上がりかけた性器を握る。

　他人の手の感触に、佳樹の目がうっすらと開いた。

「だ……れ……」

「俺だよ。いやらしい夢でも見てた？」

　すっかり耳に馴染んだ男の声に、意識よりも身体のほうが反応する。握られた性器に熱が灯る。

「んっ……したく……ないのに……」

　涙が、眦から零れ落ちた。夢か現か曖昧なまま、佳樹はグズグズと泣く。

「感じたくないのに……オレ……ん、ふ」

「昨日、あんなに公園で気持ちよくなったのに？　会社でも、よかっただろう、佳樹」

　クスクスと笑いながら、季之が握った性器をゆるやかに扱く。佳樹の脚が自然と開き、腰がねだるように突き上がった。

「気持ち……んっ、いい……けど、ダ……メ」

「どうして？　気持ちよくなるのは、いけないことじゃないだろう？　佳樹は、俺たちの恋人、なんだから」

　少し可笑しそうに、季之が『恋人』という単語を口にする。佳樹が『奴隷』という言葉を嫌うのが、季之には楽しいらしい。

　昨夜も、『俺たちの可愛い恋人』と言いながら、公園のベンチで佳樹を犯した。

　声は、上げられなかった。通常よりも広い公園とはいえ、嬌声は響く。口にタオルを食まされた佳樹は詰まった悲鳴を上げて、二人に代わる代わる後ろを貫かれた。

　苦痛しかなかった、とは言わない。痛んだのは心で、身体は快楽に震えた。

　薄く目を開きながら、佳樹は下肢を季之に嬲らせ、胸は自身で弄っていた。

　いや、佳樹の意識の中で、その指は英一のものだった。昨夜、ニップルリングに一日中挟まれて、腫れた左胸を、執拗に苛めたのは英一だったから。

「英一さ……痛、い……んんっ」

自分で自分の左胸をキュッと摘まみ上げながら、佳樹は抗議の声を上げる。

それに軽く、季之が首を傾げた。すぐに、合点がいったように頷く。

「起きているようで、起きていないのか。夢の中で、英一さんに乳首を苛められているんだな」

そして、痛いと言いながら感じている。

少し妬けたのか、季之が扱いていた性器を握る手を強くすると、佳樹の顎が仰け反る。

「やっ……季之さ、んも……苛め、ないで……あ、あ」

快楽の混じった苦痛に佳樹は目を閉ざし、涙を零した。夢の中の行為と、現実がリンクしていく。

佳樹はスンスンと泣き、許しを乞うた。

「やめ、て……やめて……会社でちゃんとイッたのに……なんで……意地悪する……あ、んっ」

「意地悪じゃないよ。佳樹を可愛がっているだけじゃないか」

リズミカルに性器を扱かれ、佳樹の呼吸がハッハッと上がる。嬲られる充溢（じゅういつ）が切なくそそり立ち、左だけでは胸が寂しくなり、右も弄り始める。

だが、意識の中で触れているのは英一だ。

「英一さん……いや、いやだ……胸、痛い……痛いぃ」

昨夜は、タオルを口に食まされていたのに、言葉がはっきり出ることを、佳樹はおかしいと思わなかった。夢の中で、意識が混濁していた。

「……まいったな」

季之の呟きが聞こえる。なにがまいったというのだろう。

もし、佳樹がはっきりと目覚めていたのなら、季之の目が欲望に染まり始めたのを認識しただろう。

夢現の様子で喘ぎ、自身で胸を弄りながら、英一にされていると口走る佳樹は、季之の獣性を煽った。

もう少し、季之のことも意識させたい。

ベッドに身を乗り出し、季之が佳樹の布団を剝ぎ取る。性器から手を放し、腰に手を移動させた。

「佳樹、英一さんは痛いことばかりするだろうけど、俺は佳樹を気持ちよくさせてあげるよ。さあ、邪魔なズボンを脱ごうか」

佳樹はハァハァとただ息を荒げている。

――裸……もう裸なのに、季之さんはなにを言っているのだろう。

公園のベンチで、佳樹は仰向けになっていた。それは、何度目かの交合だったのか。

背もたれのない平たいベンチで、佳樹は仰向けに押し開かれ、幾度目かの雄を迎えさせられていた。

蕩けるほどに、気持ちよかった。体内に生身のオトコが欲しくて、欲しくて、ずっと苦しかった。

嬲られるだけなんて、いやだ。悪戯するだけしておいて、放置しないでほしい。

「あぅ……っ」

何度も開かれ、精液を注がれた後孔が、どちらかの指にクチと粘ついた音を立てる。

どちらか――違う。季之だ。だって、さっき言っていた。気持ちよくさせてあげる、と。

「あー、熱いな。やっぱり熱があるから、佳樹の中も熱い。やばい、興奮するな」

指が無造作に二本に増やされ、佳樹は顎を仰け反らせた。だが、痛くはない。その分、胸を弄る指が意地悪になった。

「い、た……っ」

「そんなに苛めたらダメだよ。ほら、俺が舐めてあげるから」

そっと指がどけられ、生温かい舌が乳首を舐め上げた。

「ぁ……ぁ、ん」

今は季之の番。季之が、佳樹の身体を味わう。

胸を弄っていた佳樹の両腕が、シーツにパタリと落ちた。

ああ、公園でなにをしているのだろう。人気がないとはいえ、男二人に身体を差し出して、なんて淫らなことをしているのだろう。

恥ずかしい、と佳樹の果実がヒクンと張りつめる。乳首がピクピクと震えた。

両脚を広げられ、佳樹はたまらず、顔を覆った。

「人……来たら……」

「誰も来ないよ」

クチクチと肉襞を指で広げながら、季之が笑いをこらえるような声で告げる。

けれど、公園だ。いつ、不埒（ふらち）な気配に気づいて、様子を見に来るか知れない。

「でも……公園だから……誰が、来るか……」

「公園？　ああ、昨夜の夢でも見ているのかな。ふふ、可愛いな。同じシチュエーションでも、夢だとこんなに素直になるのか。いいな」

季之がなにか呟いたあと、佳樹の後孔から指を引き抜いた。両脚をグッと押し広げられる。

耳朶にチュッと、キスされた。

「大丈夫だよ、佳樹。英一さんが見張ってくれているからね。これは、会社でイけたご褒美なんだから、気持ちよくなってね」

そうして、蕩けきった花襞に、季之が熱い充溢を食べさせてくる。

「あっ……あ、あ、あ……あぁぁ……っ」

ぼんやりとした外灯の中、佳樹はなまめいた歔欷（きょき）の声を上げた。淫具ではない、生々しい欲望が肉奥を犯していくのがたまらない。

「あ……ん、んっ……気持ち、い……いぃ」

昨夜もそう言いたかった。悦楽に支配された脳髄は、理性など消え、二人から与えられる快感に浸りきっていた。

「……っ、すごい締めつけ。そんなにいい、佳樹？」

わずかに苦しげな息を吐きながら、季之が満足そうに訊いてくる。腰を強く打ちつけられ、奥の奥を季之の欲望が抉る。

佳樹は背筋を仰け反らせ、両脚で季之の腰を抱きしめた。

「気持ち……い……苛めないで……ずっと、悪戯ば

っかりされて……オレ……」

「んっ……んっ……早く、こうされたかった？」

強く、佳樹の中で雄を行き来させながら、季之が訊いてくる。気持ちよくて、季之を咥え込んだ肉襞がグチュグチュと蠢く。蕩けて、滴るような涎を滲ませて――もちろん、それは錯覚なのだが――猛々しい雄を食いしめた。

恥ずかしいのに、いけないことなのに、気持ちいい。やっと季之と英一というオトコに責められて、佳樹の肉奥は歓喜に潤んだ。

「いっぱい……いっぱい……中……あっ、あっ……」

「可愛いなぁ、佳樹。昨日、公園で本当はそう言いたかったのかな。声が出ないように、タオルを嚙ませていて、可哀想だったな……くっ、すごい」

体内が切なく、季之の充溢に絡みつく。二人の間で揉みくちゃになっている佳樹のペニスが、耐えられないと暴発した。

「あっ……あんぅっ――……っ！」

その締めつけに、季之がもう何度目かの熱を佳樹の中に注ぎ込む。

季之が終われば、次は英一だ。ひとしきり抱きしめたあと、季之が後孔から去れば、佳樹は身体の向きを変え、俯せになって、腰を掲げた。

「英一さ……」

獣の姿勢で、佳樹は英一を受け入れた。

「……まいったな」

完全に失神した佳樹を見下ろしながら、ベッドに腰かけた季之は誰にともなく呟いた。

佳樹に、季之に抱かれていたという記憶が残っているかどうか。切れ切れに口走る言葉から、佳樹は夢の中で、昨夜、英一と季之に抱かれた公園での行為を反芻していることは察せられていた。

それに乗じて、というよりも、夢に喘いで、自ら胸を弄り、身もだえる佳樹の艶やかさに、もともと我慢というものをさほどマスターしていない季之は抗えなかったといえる。

極力、英一抜きで佳樹と楽しむのは控えるようにしているのだが、今日は逆らえなかった。

「熱のある身体というのも、よかった」

季之を咥え込んだ粘膜の熱さが、実に心地よかったと、満足のため息が出る。

いや、よすぎたと言うべきか。

夢現で、理性のタガがゆるんだのか、いつもならあまり見られない甘えた様子が可愛く、そのくせ恥ずかしがるところはしっかりあり、たまらなかった。

昨夜の公園の夢の中にいると思っている佳樹は、季之だけでなく英一にも抱かれている気でいて、時に英一の役を演じ、本来の季之とは異なるやや強引なセックスをしてやった時の身体の反応も楽しかった。

英一に抱かれている時、佳樹の中はあんな反応をしていたのかと、新鮮だ。季之と寝ている時にはねっとりとした粘膜の動きが、英一の乱暴さには切なげに蠕動(ぜんどう)を始めて、健気に喰いしめる様が、実によかった。

恥ずかしいと泣きながら腰を突き上げるのも、本当に男の欲望をそそる。

しどけなく裸体を晒し、蜜にまみれたそのままの身体で自失している佳樹の髪を、季之は愛しげに撫でた。

こんなに可愛い青年を、束の間の夜しか独占できないのは残念すぎる。

ふと、空気が揺れた気配がした。しばらくして、寝室のドアのノブが動き、英一が入ってくる。

時計を見ると十二時を過ぎていて、昼休みを利用して英一が帰ってきたのだと知る。

「お帰りなさい、英一さん」

呑気にそう迎えた季之に、英一はわずかに眉間に皺(しわ)を寄せた。

「佳樹を抱いていたのか?」

高熱があったことは、英一も知っている。それを咎めるような問いかけに、季之は悪びれもせず笑みを浮かべた。

「誘われたんだよ。夢の中で、昨日の公園をリピートしていたみたいでさ。こう……自分で自分の乳首を弄って、あんあん、やめてって。誘われるだろう?」

「なにをしているんだか……」

苦い口調で英一は言い、ハッハッと荒い息遣いをしながら意識を失くしている佳樹に歩み寄ると、淫らに腫れた乳首を抓る。

季之に散々抱かれた佳樹は、疲労しきっていてさすがに気がつかない。

「悪かったって、英一さん」

英一の不機嫌を感じ取った季之は、軽く手を合わせて謝罪しておく。この玩具に対して、英一が案外独占欲を持っていることを、季之は知っていた。

自分にはない感情だ。だが今は、少しわかる気がする。

「悪かったけど、本当に……ちょっとやばかったんだよね」

少し声色の変わったニュアンスに、英一が視線を季之に戻した。どうしたのだと、目顔で促す。

それに答えず、はぐらかすように季之は提案した。こんな佳樹を野放しにしておきたくない。

「……メチャクチャ抱いたし、佳樹の熱はしばらく下がらないんじゃないかな。その間に、佳樹の住居をここに移さない?」

「同意を得ずに、引っ越しさせるのか?」

「英一さんも、ここに住むといいし。職場から近いから、今までよりも佳樹と遊ぶ余裕ができるよ?」

チラリと英一を見上げると、フレームレスの眼鏡の奥から冷徹な眼差しが、季之の内心を見透かすように見つめていた。

「欲しくなったか?」

「んー……野放しにしたくない、かな。本当に、やばかったんだよ。可愛くて、いやらしくて……大胆なのに恥ずかしくて泣くって、なんなんだよ」

「そんなによかったのか」

英一がベッドに腰を下ろし、佳樹の腹に散った樹液を指で無造作に拭(ぬぐ)った。それをペロリと舐める。舌の動きがなまめかしかった。

「英一さんはとっくに佳樹を飼うつもりだっただろう?」

「おまえも、佳樹の面倒を見ると承知した。嵌まったか?」

ニヤリと、英一が唇の端を上げる。それが癪(しゃく)で、季之は子供のように唇を尖らせた。

「嵌まったかどうかで言えば……そうだよ。嵌まったよ。佳樹は今までとは違う玩具だ。英一さんだってそうなんだろう?」

「感じているくせに、いつまでもプレイに慣れないのは最高だ。昨日、会社でイッた時の顔は……それに、ひどいと言いながら公園で抱かれた時の佳樹も、ふふ」

理知的で冷淡な色が強い英一の顔が、色香の滲む淫靡なものに変わる。公園で、ひどいと抗議してきた佳樹にタオルを食ませ、強引に抱いた時のことでも思い出しているのだろうか。肉食獣の眼差しで、意識を失くしている佳樹を鑑賞していた。

もともと、佳樹をさらなる深みに堕とすために、今回の遊びを始めていた。抵抗はされたが、最後には季之と英一の二人に見られながらであるならばの条件の中で、佳樹は無事、社内の同僚たちが大勢いる場所で股間に触れ、射精した。

相当気持ちよかったのだろう。夜の公園でそのことに触れると、貫かれている体内が淫らに蕩け、佳樹の感度も高まった。

あと数回、同じことを佳樹にさせれば、佳樹も耐えきれず、退職に同意するだろう。そこからが本番だ。だが、その前に季之たちとの同居をさせても、悪いことはない。英一だって、佳樹に執着しているのだ。

ただ、なんとなく内心を見透かすようなことを言われるのは、おもしろくない。少しだけ、英一を挑発するように、季之は口を開く。

「夢現の佳樹もよかったよ？　昨夜の公園のことを夢に見ているみたいで、俺に抱かれているのに、英一さんにもされている気になっていてさ。可哀想だから、英一さんのつもりでちょっと強引に突いてやったら……ふふ、英一さんの時には佳樹の身体、あんな反応をしていたんだね。健気に肉襞が戦慄(わなな)いて、俺のペニスを咥え込んで蠕動して、あれはあれで最高だったよ。英一さんも、今度佳樹のこと、俺のつもりで抱いてみなよ。英一さんの時とは違う反応をして、新鮮だよ？」

さっきまでの佳樹とのセックスをあれこれ言ってやると、英一が舌打ちする。

「挑発しているつもりか？　まあいい。次はわたしに独占させろ。意識のある状態で、佳樹を鳴かせてやる」

「その『なく』って、サンズイのほう？　それとも、鳥のほう？」

「鳥のほうだ」

「うわぁ……英一さん、エロい。その時は、声を聴いていていい？　覗きって、いいよね」

「時々、覗かれていることを佳樹に意識させるなら、やっていい。ふむ……季之だとわからぬように覗きを意識させるのがいいか。いい反応をしそうだ」

「いいね。誰かに見られているとわかったら、佳樹も興奮しそうだ。死にそうに動転するだろうけどね。で、引っ越しだけど」

思いがけなく提案された新しいプレイは楽しみだが、本題は忘れていない。時に、英一に妬けはしても、佳樹は可愛い共有奴隷だ。どこまで仕込めるか、楽しみでもある。

それに、もっと佳樹を味わいたい。

「そうだな。夢現でそんないやらしい行動をしているのなら、野放しはたしかに危険だ。佳樹の恥ずかしい姿は、わたしたちだけが知っていればいい。手配は頼めるか？」

「任せて。黒田に言えば、問題ない」

運転手から雑用まで、季之の世話をするために実家からつけられたのが、黒田だ。季之が、茶道宗家香月流の傷になるような行動をしないためのお目付け役という言い方もある。

ただ、黒田にとっても、季之が一年以上一人の相手で満足している現状は、悪くないものだ。手の内に入れての淫行ならば、まったく問題ない。

サムズアップで答える季之に、英一が軽く頷く。そうして、ジャケットを脱ぎ、ネクタイをゆるめた。佳樹を抱き上げる。

「身体を拭いてくる。おまえは、ベッドを整えておけ」

「了解。浴室で、佳樹がいい声を出しても、ケダモノにならないでよね、英一さん」

「馬鹿が。これ以上ヤッたら、佳樹がどうかなる。今後は、いくら佳樹が淫らな夢を見ていても、盛るな」

冷淡に言い捨て、英一が浴室に佳樹を運んでいく。それを見送り、季之は肩を竦めた。

意識が飛んでいる佳樹は、とんでもなくエロ可愛いのだから、仕方がないではないか。

「英一さんも、どれだけ我慢できるかな」

と言いつつも、英一が自制するのはわかっていた。午後からも仕事が待っているし、あれで英一は季之よりもやさしいところがある。佳樹はそうとう消耗しているから、せいぜい佳樹を気持ちよくさせるくらいでこらえるだろう。

それよりも、引っ越しだ。手際よくベッドのシーツを取り換えながら、季之は口元をゆるませた。

朝、目覚めれば一緒のベッドに佳樹がいて、夜に佳樹はここに帰ってくる。

今までの、週に数回、英一や佳樹の職場状況によっては数週間も間が空いてしまう不自由から、連日佳樹を可愛がれる状況に変わる。

　ベッドを整え終わると、季之はご機嫌で、黒田へと通話を入れた。


　意識が浮上すると共に、にぶい頭痛を知覚する。全身の熱さと、息苦しさ。

　佳樹はぼんやりと、目を開けた。室内は暗かった。今は、何時なのだろう。

　枕元の時計を確認しようとして、起こしかけた身体が力なくベッドに倒れる。

「う……あ……」

　喉が掠れて、声もうまく出なかった。

　しかし、起きた気配に気づいたのだろう。廊下から人影が、寝室に入ってきた。ドアは、そもそも大きく開かれていた。

　枕元の灯りがオレンジ色に灯り、季之が顔を覗き込む。

「どう、具合は。なにか飲む？」

「……い……な……んじ……」

「夜だよ。昨日のことは覚えている？　公園で俺たちに抱かれて、マンションでもたくさんセックスしたよね」

　満足げに、季之が目を細める。

　一気に、昨日の記憶が蘇った。会社でイかされたこと。それも二度も、同僚たちが大勢いる中で達したこと。退社して、公園に連れ込まれたこと。タオルで口を塞がれた中、何度も二人に抱かれたこと。

　ブルリ、と佳樹は震えた。

　そして、今は夜？　あれからずっと、意識を失くしていたのか。

「っ……か、いしゃ……！」

「大丈夫。朝のうちに電話しておいたから。英一さんがね。俺の話し方だと、社会人っぽくないんだってさ。ひどいよねぇ」

　季之はそう言うが、佳樹は英一の意見に賛成だ。

性癖はともかく、キャリア官僚として省庁勤めの英一と比べて、社会人としてまともに働いた経験のない季之では、欠勤の連絡にしてもどういう話し方をするか、今ひとつ信用できない。

　それにしても、昨夜、マンションでの行為のあと自失してから、ずっと寝ていたのか。

　まったく気がつくことのなかった自分に驚き、佳樹の眉が情けなさに下がった。会社で自慰まがいの行為をした上、欠勤だなんて、社会人として失格だ。

「あ、した……は、かい、しゃ……い、かな……いと……げほっ、ごほっ」

　無理して話したため、咳が出る。喉がひどく痛み、全身がだるかった。

　一日中、意識を失くしていたということは、ある意味、ずっと寝ていたのと同じなのに、熱まであるなんて、だらしない。

　季之が背中をさすり、水を勧めてくる。

「佳樹、ほら、少し水分を摂って」

「ありが……ん、んく」

　礼を完全に言う前に、口元にグラスを押し当てられ、佳樹はコクコクと冷えた水を飲み込む。かすかに柑橘系（かんきつけい）の香りがし、ほてった身体に爽やかさが気持ちいい。

　だいぶ喉が渇いていたようで、グラスの水をひと息に飲み干していた。

「もう一杯、飲む？」

　季之に訊かれ、佳樹は頷く。注がれた水をまた飲み干し、人心地つく。

「お腹は空いてる？　なにか食べられそう？」

　甲斐甲斐しく訊いてくる季之に、佳樹はぼんやり首を傾げた。お腹が空いているような、そうでもないような。感覚がにぶくなっていて、よくわからない。熱で頭がボーッとして、なんともだるかった。

　そんなことをポツポツと言うと、季之が軽く佳樹を抱き上げる。

「まあ、ほとんど丸一日食事をしていないのだから、なにか食べたほうがいいよね。行こうか」

「と、季之さん、オレ、自分で……！」

佳樹は慌てたが、季之は余裕だ。

「いいから、いいから。熱も高いし、俺たち二人に散々ヤられて、まだ腰が立つかわからないだろう？」

からかうように言われて、佳樹は赤面した。昨日の醜態に、身が縮む。

意識すると、まだ胸がジンジンと痺れているし、二人を何度も受け入れた後孔も、なにか挟まっているような違和感がいまだに残っていた。

しかも、そう自覚したとたん、腰が疼く。昨日はとにかく一日中、淫具で刺激され続け、そのあとは二人に代わる代わる抱かれていたからか、まだ神経が過敏なままだった。

息遣いが、熱とは違う意味で熱くなる。

――なんで、オレ……！

佳樹だけのせいではない。二人に悪戯され続けたからだと言い訳しても、佳樹の身体がひどく淫らであることには変わりない。

情けなくて、恥ずかしくて、佳樹の目尻にジンワリと涙が滲む。高熱のせいか、ひどく自制が効かなかった。

目尻の涙を、季之がチュッと吸う。

「可愛い、佳樹。腰が立たないのが恥ずかしくて、泣けちゃった？　いいんだよ。俺たちが佳樹をそうしたんだからね」

「ち、違……んんっ」

否定しようとしたが、唇を塞がれ、佳樹は反射的に目を瞑る。チュ、クチュとキスされる。

そのまま、季之はリビングダイニングへと佳樹を運んだ。

英一の呆れた声がかかる。

「なにをしているんだ、季之」

英一に見られていることに慌て、佳樹は季之を引き剝がそうとした。しかし、口中に忍び込んだ舌に舌を搦(から)め捕られ、甘く吸われて、腰がジンとする。

「んっ……んんっ……っ」

舌を味わい、唇を吸われる水音が、静かな室内に響き、佳樹を居たたまれなくさせた。

心行くまで佳樹の唇を味わってから、季之がやっとキスを終わらせてくれる。

濡れた唇を半開きにし、佳樹はハァハァと息を弾ませた。なじる思いで、目は潤んでいる。

それに季之がため息をつく。

「はぁ……やばい。このまま押し倒しちゃいたいな」

「やめろ、季之。熱が下がってからでも、いくらでも時間はあるだろう」

英一の静止に、佳樹はホッとする。昨夜に続いて、また二人に抱かれたら、さすがに身体がもたない。今の口づけで、肉奥が疼いていたが……。

情動を押し殺す佳樹に、英一が淡々と問いかける。

「粥(かゆ)だが、食べられるか？」

佳樹の起きた気配に、温めてくれていたようだ。

「あり、がとうございます。英一さんが、作った……の？」

なんとか淫行へと雰囲気が変わらないよう、佳樹は英一に話しかける。

英一は鍋の中の粥を茶碗によそいながら、話を続けてくれる。

「いや、季之の家の家政婦に作らせて、運ばせた。付け合わせは、梅干しと鰹節(かつおぶし)、シラス、あとは佃煮(つくだに)か。他に欲しいものはあるか？」

「お粥に佃煮……って、ありなんですか？」

「うちはあるな」

英一が返し、季之も頷く。

「佳樹は、病気の時はなにを食べているんだ？」

季之が佳樹をいつも食事をするテーブルの椅子に下ろし、訊いてくる。

佳樹は働かない頭でなんとか思い起こし、答えた。

「うちは……梅干し、あとは……おかかとシラスを混ぜて、醤油をかけたやつとか」

「なるほど。では、そうするか」

佳樹の前に粥の茶碗を置き、英一がテキパキと付け合わせの支度をする。

　粥を作ってもらったということは、普段から料理はしないだろうに、手際よく、佳樹の前に皿を並べる。

　佳樹は礼を言って、箸を取った。まずは梅干しを、粥に乗せる。箸でほぐして、粥と一緒に口に入れた。

　熱のせいで味の感覚がにぶくなっていたが、一日ぶりの栄養に、身体が喜んでいる気がする。

「美味しい……」

「それを食べたら、熱冷ましをもらってきたから飲め」

「……ありがとうございます」

　口調はいつもの突き放すものながらも、いろいろと手配をしてくれている英一に、佳樹は礼を言う。熱冷ましを用意してくれたのなら、明日には会社に行けそうだ。

　しかし、ホッとした思いでそれを口にすると、季之だけでなく、英一にも眉をひそめられた。

「薬で熱を下げたからといって、会社に行くつもりか。何日かは休め」

「そうだよ、佳樹。あんまり有給も取っていないんだし、ちゃんと身体を休めないと。まだ身体もだるいだろうし」

　季之がなにか含むように佳樹に言い、佳樹は警戒する。なにを企んでいるのだろう。

「だるいのは……熱のせいだから、熱が下がれば……」

「いやいや。今日の午前中も、盛り上がったよね？　佳樹が自分から胸をまさぐって挑発するから、頑張っちゃったよ？」

「え……え？　なに言って……季之さん……？」

　訳がわからず、佳樹は季之を見上げる。季之はニヤニヤと笑っていた。英一がため息をつく。

「夢現に、季之を誘惑していたそうだ。覚えはあるか？」

「覚えって、そんな……」

ずっと眠っていて、切れ切れに夢を見たような、見ていないような。それすらも曖昧で、佳樹はよく覚えていない。

ただ、身体にはいまだに昨夜の名残があって……。

「名残って、まさか」

思わず呟くと、季之が楽しそうに佳樹の顎をくすぐってくる。

「なんだ、覚えているじゃないか。抱かれた感覚が残ってるんだろう？　午前中、いっぱい佳樹を抱いてあげたからね。季之さん、英一さんって代わる代わる呼ぶから、時には英一さんも演じて、頑張ったよ、俺」

「う、そ……」

夢現で、そんなことをしていたのか、自分は。そんな恥ずかしいことを……信じられない。

しかし、季之はさらに佳樹を追い詰める言葉を口にする。

「夢の中だと、佳樹は素直なんだな。あんあん言って、俺に抱かれて腰を振って、泣きながら気持ちいいって言っていたよ？　でも、泣きながらっていうのが、夢の中でも恥ずかしがっているみたいで、可愛いよね、佳樹は。気持ちよくなるの、恥ずかしい？」

「違……違っ……オレ、そんな……！」

青くなって否定する佳樹に、英一までが口を挟んでくる。

「昼休みに帰ってきた時、おまえの身体は精液でドロドロだったが？　季之に抱いてもらって、ずいぶん満足している様子だったぞ。その身体を綺麗にしてやったのは、わたしだ」

「う、そ……嘘、オレ、そんなこと覚えて……」

「覚えていようがいまいが、事実だ。二人だけで楽しむとはひどいな。まあ、今後はいくらでも時間は作れるからいいが」

「今後はいくらでもって……」

頭がグラグラする。意識のない身体を季之に好きにされたのもショックだが、時間が作れるという言葉も聞き逃せない。

　昨日は二人の好きにされたが、英一だけでなく佳樹も仕事がある。だからこそ、そうそう自由に英一や季之から辱めを受けないだろうという安心があった。

　それは、現状でも変わらない。

　英一はなにを言っているのだ。

「き、昨日みたいなことは、そうそうできない……から……」

「そんなことはない。一緒に住むようになれば、な」

「……え？」

　英一の言葉に、一瞬、佳樹の思考が止まった。続いて、季之が明るく口を開く。

「もう引っ越しの手配はしたからね。佳樹はなにもしなくていいから。これからは、ずっとここに住むんだよ」

「なに……言って……」

　同居するなんて話、聞いていない。仮に聞いていたとしても、佳樹は絶対に頷かない。

　英一や季之と生活を共にしたら、どんなことになるか。想像するだけで、恐ろしい。

「オ、オレは、一緒になんて住まないから！」

　佳樹は声を張り上げた。強く否定しておかなくてはならない。

　しかし、英一は片眉を上げるだけで、季之はクスクスと笑いを洩らす。

「佳樹の意見は却下ね。だって、佳樹みたいないやらしい子、放し飼いにはできないし」

「い、い、いやらしいって……オレはそんな……！　い、いやらしくしたのは二人じゃないか！　オレは、オレ一人だったら、いやらしくなんて！」

「んー、どうかな。ね、英一さん」

「寝ぼけて、男を誘うようではな。それに、もともとわたしは不満だった。このマンションに佳樹がいれば、わたしの職場からは近いし、繁忙期でも佳樹で楽しむことが可能になる。セックスはいいストレス解消だ」

「ストレス解消って……。オレは、英一さんの抱き人形じゃない！」

「そうそう。英一さんだけの佳樹じゃないよ？　佳樹は、俺のお人形でもあるし」

　季之までもがふざけたことを言い、佳樹は怒鳴る。

「だから！　オレは人形じゃ……げほっ、ごほっ」

　声を張り上げたことで咳き込み、隣に座った季之が背中をさする。

「ごめんごめん、佳樹。人形じゃなくて、恋人だったよね？　でも、恋人なら、よけいにセックスしたいって思うものだろう？　ほら、そんな潤んだ目で見つめてきたら、また佳樹の中に挿入りたくなる。熱のある佳樹の中、最高だったなぁ」

「馬、鹿にするな！　オレは……オレは、あんたたちの性欲処理をするためにいるんじゃない！」

　しかし、佳樹の怒りに英一は肩を竦め、呆れたため息を吐き出す。

「どういう言い方だろうと、わたしたちが佳樹を大事にしているのは変わらないだろう。セックスの相手は佳樹だけだし、佳樹のことをちゃんと気持ちよくさせている。今までの、どのセックスよりも、わたしたちとの行為に感じているだろう？　これからは、生活の面倒も見る。なんの文句がある」

　いつもの上から目線。それが悔しい。

　英一の言うことは嘘ではない。言葉はどうあれ、佳樹以外の相手は作っていないし、一方的に快楽を搾取しているというわけではない。

　一緒に暮らせば、きっと言葉どおり、生活にかかる各種費用も、二人が支払うのだろう。

　けれど、そういうことではない。佳樹の言いたいことの万分の一も、二人には伝わっていない。

「……どういう言い方をしたって、あなたたちがオレのこと……対等の……恋人って思ってないのは……事実じゃないか……。オレは……あなたたちにとっては……玩具でしか、ない」

渦巻く思いを言葉にすると、ズンと胸に響いた。どれだけ大事にしていると言われても、面倒を見ると言われても、結局それは対等の恋人相手のふるまいではない。

結局のところ、ただの快楽の相手でしかない。

唇を噛みしめる佳樹の頭を、季之がポンポンと撫でる。

「困ったなぁ。大切なのは本当だよ？　佳樹ほど、俺たちの好みに合った人間はいなかったし、だから、大切なんだよ？　午前中のことだって……正直、俺がここまで理性が利かないなんて、思わなかったし」

呟くように続けられたぼやきは、佳樹にはよく聞こえなかった。心を引き裂くショックのほうが大きく、そのことで頭がいっぱいだった。

英一の視線が、季之を撫でる。盟友の変化をどう思っているのか。眼差しからは読み取れない。

ただ、季之のぼやきに乗って、佳樹を絆すつもりは、英一にないようだった。絆すのではなく、辛辣（しんらつ）な言葉を佳樹に浴びせる。

「大事にしていることを納得できなくとも、共に暮らすのはおまえのためでもある。気づいているか？　昨日から、フェロモンが駄々洩れだぞ」

「フェ、フェロモン……？　なんですか、それ」

「夕方、社内で達した時、生唾を飲んでおまえを見ていた男がいたんだが、知っていたか？　そうでなくても、おまえをチラチラと見ていた人間がいたのだがな」

あらぬことを指摘され、佳樹の頬が紅潮した。

「そ、そ、それは……！　あなたたちが、会社であ、あ、あ、あんなこと……しろって言ったから！」

佳樹のせいではない。通常の状態の佳樹であれば、男の気を惹くなんてありえない。

英一と季之のせいだ。佳樹は二人を睨んだ。

しかし、英一は小馬鹿にしたように鼻で笑う。

「だから、責任を取っているだろう。今後は、おまえのフェロモンに当てられて、不埒な行為に及ぶ人間が出てくるだろうからな。一人にして、アパートで襲われでもしたらまずい。そういう意味もあっての、引っ越しなのだが？」

「そんな……そんな、あんなことをあなたたちがさせなければ、オレを襲う人間なんているわけ……」

恥ずかしいことをさせられていたから、妙なフェロモンが出ていたのだ。だから、見られていただけで、通常の状態ならそんな人間はいないはずだ。

その否定に、季之が首を振る。

「どうかなー。佳樹、今はエロいことされていないけど、妙な色気があるよ？」

「それは……！　単に熱があるから」

熱があると、少し色っぽい感じがするのは、よく聞く話だ。単にそれだけのことではないか。

それに対して、季之はニヤニヤと首を振り、英一は冷淡に肩を竦める。

「どちらが正しいかは、次に出社した時にわかるだろう。イくおまえに生唾を飲んでいた男が、なにもしなければいいな、佳樹」

再びの指摘に、佳樹は青褪める。

——イく時に生唾を飲んでいた男。

そういえば、最初に達した時も、会話していた丹沢が少し首を傾げていたことを思い出す。

もしや、と心臓がドキリと跳ね上がった。

「オ、オレがイッたの……ばれた……」

「それはないだろう。ばれていれば、もう少し嫌悪というものが入るはずだ。軽蔑や戸惑いもあるか」

「そうだね、英一さん。あれは、ただただ佳樹の色気に当てられていたってだけな感じだったね。わかるけど。ああいう時の佳樹のフェロモンは、すごいからなぁ」

季之は笑うが、佳樹はそんな気楽になれない。達したことは知られなかったとしても、達した様子に生唾を飲まれていたなんて、ひどすぎる事実だ。

——誰かはわからないけど、同僚にそんな目で見られていたなんて、最悪……。

それに丹沢も、佳樹の様子をどう思っていたのだろう。

佳樹は頭を抱えて、項垂れた。どんな顔をして、会社に行ったらよいのだ。

それに、勝手な引っ越しもある。力なく、佳樹は訴えた。

「家に帰りたい……」

半ば、もう無駄だとわかっている。二人の決定は強引で、いつだって佳樹の意見など聞いてもらえない。

「佳樹の家はここだよ？」

「季之（ケダモノ）は抑えておいてやるから、ゆっくり休め」

佳樹は悄然と、膝を見つめた。

§六

出社の許可が下りるまで、三日が必要だった。熱は、薬のおかげか翌日には下がったのだが、だるさは残り、そのだるさが取れても引き留められた。

二人曰く。まだフェロモンが出ている……らしい。

三日間ただ休んでいた佳樹からは、もうすっかり欲情の疼きが消えている。熱っぽさもないのだから、フェロモンといわれても頷けない。

本来の佳樹は、特に人目も引かない、ごく平凡な男なのだ。

そう主張した佳樹に、英一も季之もそれ以上引き留めることはしなかった。ただ、仕方がないと言いたげな視線を見交わし、困ったら必ず連絡するように念を押しただけで解放してくれた。

佳樹はマンションから、会社へと向かう。このマンションは、英一の職場に近いだけあって、佳樹の会社へもアパートより便がいい。

とはいえ、満員電車に乗車することは避けられず、佳樹はそれまでの駅よりも混雑している車内にひるみながらも、懸命に乗り込んだ。ギュウギュウ詰めの電車にひとまず乗れて、ほっと息を吐く。

駆け込み乗車する人間に手間取って、しばらくドアが開いたり、閉じたりを繰り返したが、なんとか出発し、佳樹は降りる駅が何駅先かもう一度確認する意味で、路線図を見上げた。

その時だった。首筋に、ほてった吐息が吹きかけられた。混んでいるから偶然だろうと、佳樹は思った。けれど、背後で誰かの腰がモゾモゾと動く。股間が、なぜか尻の割れ目を狙って押しつけられた。

——偶然……だよな。

満員電車で間が悪く、そんな立ち位置になってしまっただけだ。背後の人間も、きっと困惑していることだろう。

そう思うのに、どうしてか、相手の股間が覚えのある硬さに変わっていく。首筋に当たる息遣いも、しだいに興奮したそれに変化していた。


「……やばいな。男のくせに、あんた色っぽいな」

背後の男が、佳樹の耳朶に囁いた。

「ひ……っ」

佳樹は悲鳴を噛み殺す。明確な目的を表す男の言葉に、佳樹は動転した。佳樹が色っぽい？ そんな、まさか。

今は、英一や季之に悪戯されている状態ではない。あの時のように、後孔に淫具を挿入されているわけでもなく、佳樹の状態は平常だ。いやらしいことに思考が囚われているわけでもない。

それなのに、どうしてか、背後の男は興奮している。やめろと言いたいが、下手に声にして、周囲にこの事態を気づかれたくない。男が男に痴漢されているだなんて、言えるわけがない。

拒絶の意思を少しでも伝えようと、佳樹はわずかに首を左右に振った。身体を固くして、男を拒否しようとする。

しかし、男はその仕草にますます興奮したように、佳樹の腰をグッと抱き寄せてきた。もう片方の手を、佳樹の股間に這わせる。

さらに、電車の揺れを利用して、尻の狭間に押し当てた股間を、まるで抽挿するかのように動かした。

「くっ……そ、挿れてぇな」

押し殺した声で、男が囁く。男相手になにを言っているのだ。

いやだ。離れたい。

佳樹は身じろいだ。すると、それを迷惑そうに、前方の男が睨む。

と、その目が軽く見開かれた。佳樹が痴漢行為をされていることに気づいたのだろうか。

そうではなかった。コクリと喉を鳴らして、佳樹を舐めるように見つめている。そうしてさりげなく、佳樹の腰に自身の股間を押し当ててきた。

そこには、背後の男の手があり、それに気づいた男が睨む。

どんなアイコンタクトが行われたのか、男の手が佳樹の股間から離れた。即座に、前方の男が身体を押しつけてくる。

「やばいだろ、こいつ」

背後の男が、前方の男に囁き、男が頷く。

あとは無言で、二人の男が佳樹の身体に股間を押しつけ、揺れを利用した疑似セックスにいそしみ続けた。

おぞましい。

二人の男の熱い股間を擦りつけられた佳樹は、ゾッとした。どうして、この男たちはこんなに興奮しているのだ。佳樹のなにがやばいというのだ。

同僚たちと違って、彼らはあの日の佳樹の醜態を見ていたわけではない。英一たちに痴漢されている佳樹の痴態に興奮したわけでもなく、平常の佳樹に勝手に発情している。

——なんで……！

次の駅に停車し、佳樹は這(ほ)う這(ほ)うの体(てい)で電車を降りた。男たちから逃げ出し、ホームのベンチに座り込む。

そんな佳樹を具合でも悪いのだろうか、と行き交う群衆の眼差しが向けられ、そのうちの一人、二人が佳樹に話しかける。生唾を飲みながら。

「だ、大丈夫か？　なにか冷たい物でも買ってこようか」

一人がそう言って背中を撫でれば、もう一人が膝に置いた手を握り、さすってくる。

「酔ってしまったのかな。ど、どこかで休もうか？　それとも、一旦トイレにでも行く？」

「いや、ホテルのほうがよくないか？」

トイレでなにをする気なのだ。ホテルでどうする気なのだ。

怯えた佳樹は、必死に男たちを振り払う。

「なんでもないですから！　平気ですから！」

そうして、続いて到着した電車に乗り込めば、また身体をまさぐられた。

ぐったりと、佳樹は出社した。


タイムカードを押し、佳樹は最悪の気分で、部署フロアに入った。大きくため息をついて、席に着く。

突っ伏した佳樹に、隣の席の男が声をかける。佳樹の二年先輩の丹沢だ。

「どうしたんだ、高山。病み上がりで、きついか？」

言いながら、丹沢が佳樹の背中をさする。その手つきに、佳樹は朝の痴漢を思い出し、思わず顔を起こして、丹沢の手を避けた。

「だ、大丈夫です。久しぶりの満員電車だったから、ちょっと疲れただけで……」

合計四日、欠勤していたから、言い訳としては妥当だ。

「四日も休んだからな。ひどかったのか、風邪」

そう言う丹沢に横目で視線を送ると、なぜか丹沢の顔が赤らむ。

それをごまかすように、丹沢が顔の前で手を振った。

「いや……なんかまだ熱があるのか？　熱っぽいと、高山、色気が出るんだな、はは」

「い、色気……」

佳樹の顔が青褪める。電車でも言われ、丹沢にも言われ、脳天から血が下がる。

英一たちの言うように、平常でも妙な雰囲気になってしまったのだろうか。しかも、このフロアの人たちは――。

丹沢の前の男が苦笑している。

「休む前の日も、妙に色っぽかったよな。呼吸も苦しそうなのが、なんつーか」

その隣の、社内ではわりとお調子者で通っている男が胸に手を当てて、おどける。

「オレ、ドキドキしちゃったよ。男相手にヤベー！」

その声に、周囲が笑い声を上げる。冗談として扱ってくれているが、その中の何人かの視線に、佳樹は心臓の鼓動を跳ね上げた。

電車の痴漢と、似た眼差し。

ぎこちなく佳樹も笑うが、内心は気が気でない。

本当に、佳樹からは妙なフェロモンが出ているのか？　欲情の対象として見られているのか？

簡単な朝礼後、佳樹は溜まった業務に集中するふりをして周囲を遮断し、昼休みになると逃げるようにフロアをあとにした。

そのまま昼休みに向かうギュウギュウ詰めのエレベーターに駆け込むと、背後から走ってきた男も息を荒げながら、佳樹の後ろに乗り込んできた。

振り返ると、丹沢だ。

「丹沢さんも、今日は社内にいたんですね」

なんとなく、無言というわけにもいかない気がして、佳樹は当たり障りなく話しかける。

「あ、ああ。たまたまな」

言いながら、丹沢の腰がさりげなく佳樹の身体に密着してきた。ビクリとして、佳樹は丹沢を見上げる。

わずかに、丹沢の胸が喘ぐように上下した。

——まさか、そんな……違うよな。

丹沢までが佳樹に本気で欲情しているなんて、違ってほしい。

だが、丹沢にはあの日、会話をしながら達してしまった様子を見られている。なにか違和感があったのか、首を傾げていたのも覚えている。

達した佳樹になにかを感じて——色気のような、そんなものでないことを佳樹は祈った。

エレベーターはじきに一階に到着し、流れに乗って佳樹も降りる。

無言で、会社ビルを出て、近くの適当な店に逃げ込もうと思った。一人で、今日のことを落ち着いて考えなくては。

しかし、その腕を誰かが摑む。丹沢だった。

「せっかくだから、一緒に飯、食おう」

とっさに、断り文句は浮かばなかった。同僚で、先輩で、仕事上でも共同で業務に当たったこともある。

「……はい」

「よし。牛丼にするか？　精がつく」

病み上がりに牛丼を勧めるか？　とも思うが、丹沢は見かけからして体育会系だ。身長もあり、胸板も厚く、スーツの上からも筋肉質なのが見て取れる。

丹沢のようなタイプなら、熱があっても食欲は減らないのかもしれない。

それに、実際のところ、佳樹の体調は昨日には全快していた。牛丼で、問題ない。

会社近くのチェーン店の牛丼屋に入り、混み始めている店内のカウンター席に、丹沢は向かう。なぜか、妙に近くに椅子を寄せられた。

「今日は、俺の奢りだ。たっぷり食えよ、高山」

「え、いいですよ、丹沢さん」

「全快祝いだ。遠慮するな。ほら、これとかお勧めだぞ」

メニュー表を佳樹の前に持ってきて、肩に触れるように身を寄せてくる。息遣いが、妙に荒かった。

声を低めて、丹沢が囁く。

「高山……なんかいい匂いがするな。コロンとか、つけているのか?」

どこか、女性でも口説くような熱を孕んだ囁きだった。

恐る恐る、佳樹は丹沢に視線を送る。目が合うと、慌てたように、丹沢が視線を逸らした。コクリ、と喉が鳴っている。

佳樹になにを感じているのだ。今まで、こんな態度を丹沢が取ったことはない。

――どうしよう……。

生きた心地がしない。

そんな中で食べた牛丼は、味がしなかった。ただ義務感で、佳樹は牛丼を飲み込んでいた。

帰りも、散々であった。朝ほど混雑しない電車であったのに、佳樹が佇む場所に近寄る男がちらほらおり、囲まれた時には身体が凍りついた。

ただ、朝の痴漢のようなふるまいはできかねたようで、粘ついた視線で佳樹を見つめるだけだったが、佳樹の神経は消耗した。

帰宅した佳樹を、季之が出迎える。

「お帰り、佳樹。久しぶりの会社はどうだった?」

爽やかに言いながら、目はニンマリと細められている。

佳樹は唇を噛みしめ、季之を睨んだ。無言で睨む佳樹に、季之が喉の奥から笑いを洩らす。

「その様子だと、楽しいことがたくさんあったみたいだね。エロいこと、された?」

「うるさいっ!」

佳樹にしては珍しい罵声が飛び出た。拳を震わせ、季之を睨む。季之は楽しげだ。

「朝の電車は、きっと痴漢されたよね。ここの路線はすごく混むから、痴漢し放題だし。一人? あれれ、その顔だと複数みたいだなぁ。俺たちの佳樹に触りたい放題したなんて、許せないなぁ」

そう言いながら、愉快そうだ。佳樹が季之を押しのけ、リビングダイニングに向かうのに、纏わりついてくる。

「どんなふうに触られた？　お尻？　それとも大胆に、股間かな？　まさか！　スラックスの中に手を入れられた？　じかに触られて、感じちゃった？　佳樹」

「感じてない！　感じるわけないだろっ」

怒りで身体が震えるというのはこのことか、と佳樹はワナワナと震えながら、季之を睨んだ。

そんな佳樹に、季之はフフと目を細める。

「佳樹、いい感じに熟れてきたね。言っただろう？　フェロモンが出てきたって。会社に行くの、もうやめたら？」

そう言って、佳樹の頬を両手で包んでくる。それを厭い、佳樹は顔を振って、季之の手を振り払おうとした。

しかし、振り払われた手は逃げていかず、それどころか、佳樹の肩に移動して、抱き寄せてくる。柔らかく抱擁され、佳樹はもがいた。

「離せ！　触るなっ」

「ダーメ。俺たちの佳樹に勝手に触れた男たちがいるなら、上書きしないとね。ねえ、佳樹。どこをどう触られた？　教えて？」

「離せよ！　オレはっ……オレは、フェロモンなんてない！　あなたたち以外の男が、オレにその気になるなんてっ」

佳樹をそんな目で見る男など、英一や季之だけだ。二人に手を出されるまで、同性から淫らな目で見られることなどなかった。性の対象になることもなかった。

二人に会ったから、二人にあんなことをされたから、佳樹は平穏な日常から引き剝がされ、こんな異常な状態に陥ったのだ。

二人のせいだ。

もがきながら、佳樹は季之をなじった。季之と、ここにはいない英一をなじった。

それらを、うっすらと笑いながら、季之は腕の中に封じ込め続けた。

やがて、もがき、胸を叩いていた佳樹の腕が、力なく落ちた。

「なんで……なんで……こんなことに……」

二人に会いさえしなければ、英一と季之にそそのかされさえしなければ、退屈であっても平穏な人生を送れていたのに。

抵抗を失くした佳樹に、季之がチュッチュッとこめかみに口づける。

「仕方がない。佳樹に適性があったから」

「適性……」

なんていやな言葉なのだろう。しかも、暴かれなければ、知らずにいられた性癖だ。

理不尽だった。

鼻の奥がツンと痛み、瞳が潤む。


今日は同僚に――特に、隣席の丹沢に――妙な雰囲気で話しかけられた。丹沢以外の同僚にも、色気とか色っぽいとか言われた。冗談じみた言い方ではあったが、同僚たちの軽口に、佳樹は生きた心地がしなかった。

それに、朝の痴漢。

季之の腕の中で、佳樹の身体がフルと震える。人ごみの中、周囲にわからないと思って加えられた仕打ちに、鳥肌が立つ。

季之の手が、佳樹の臀部をさするように撫でた。

「それで――朝の痴漢、どんなことをされた？　こんなふうに触られた？」

耳朶に吹き込まれる囁きに、佳樹は首を左右に振る。もっとおぞましいふるまいだ。

「じゃあ……なにをされたの？」

今度は指が、尻の割れ目を辿る。ビクン、と佳樹の背筋が引き攣った。

それだけで、季之は察したのだろう。喉の奥で笑って、割れ目を辿る指の動きを強くした。

「こんなふうに指で？　それとも――」

「……っ」

抱きしめられた前方で、季之が腰をゆるく動かした。あの時の痴漢のように、勃起はしていない。けれど、佳樹の腹に擦りつけるうちに、そこは見る見るうちに硬くなった。

「ゃ……やめ……」

「ふふ……後ろで腰を振られちゃったんだ。いやらしい雄を擦りつけられて、気持ち悪かったねぇ」

そう言って、ウエストからスラックスの中に手を差し入れてくる。下着越しに、尻の割れ目を強く辿られた。そうして、一年半以上、季之と英一の二人の雄に蹂躙（じゅうりん）されている蕾を、グッと押さえてきた。

「んっ……」

季之の腕の中、身を固くして、佳樹はジンワリと広がる心地よさに耐える。

そう。快感だった。


朝、男たちから情欲をぶつけられた時には嫌悪しかなかったのに、それが季之だというだけで、佳樹の身体は反応してしまう。

股間を擦りつけていた前が動きを変え、佳樹の情動を高めるように、腿で佳樹の弱い場所を刺激してくる。

自然と、佳樹の脚がゆるんだ。その隙間に、季之の脚は即座に入り込み、ますます佳樹の性感帯を悦ばせようと動いてくる。

後ろの手は、下着越しに淫穴を玩（もてあそ）んでいた。しだいに、佳樹の呼吸が荒くなる。

季之が、耳朶をペロリと舐めた。

「ねえ、そんな物欲しげな息遣いを、痴漢たちにも味わわせてあげたの？　下のお口も、もうヒクヒクしているんだけど」

からかうような口調は楽しげだ。拒んでも、佳樹が呆気なく、季之の手管に堕ちてしまうのがおもしろくてたまらないのだろう。

そんな自分が悔しく、情けなかった。痴漢たちが相手のように、身体が反応しなければ、もっと毅然と対応できるだろうに。

けれど、馴らされた身体は――そして、厭わしい性癖のゆえに、季之たちのもたらす悦楽の前で、あまりに脆かった。

「じかに触ってほしい？　痴漢たちにも触らせちゃった？」

佳樹は唇を噛みしめ、首を横に振る。そこまではされていない。そもそも、満員の車内で男の下着の中にまで手を入れてくるような大胆な男、英一や季之くらいではないだろうか。見つかった時のリスクが高すぎる。

だが、そういう反論が口をつくことはなかった。口を開けば、あらぬ声が出てしまうからだ。抵抗できないとしても、あまりに簡単に声を聞かせたくない。

佳樹のなけなしの意地だった。

もっとも、儚い意地とも言える。

足音が聞こえ、リビングダイニングのドアが開く音が続いた。

「――なんだ。もう始めているのか？　だが、こんな場所ではおもしろくなかろうに」

帰宅した英一だった。佳樹は身を固くした。英一まで加わって、なにをされるか。

そんな警戒をする佳樹をよそに、季之が朗らかに答える。

「今日、なにがあったか訊いているだけだよ。まずは、朝の電車でどう痴漢されたかね」

「なるほど。取り調べか」

英一がネクタイをゆるめながら、ビジネスバッグをソファに置く。脱いだジャケットをソファの背もたれに掛けてから、佳樹たちへと歩み寄ってきた。

「で、相手は一人だったのか？　それとも、複数か」

「一人ではないみたいだよ。ねえ、佳樹。一人ずつにされた？　それとも、複数に囲まれた？」

答えられるわけがない。答えれば、きっとそれを再現しようとされるだろう。

「ち、痴漢の話なんて……んっ」

どうでもいいではないか、と言いかけて、季之が強く、佳樹の股間を腿で擦り上げた。同時に、後ろの指が後孔をグリグリと刺激する。

佳樹の脚から力が抜け、季之にしがみつくような格好になった。

そんな佳樹を挟むように、英一が背後に立つ。そこから前に手を回し、スラックスのベルトを手際よくゆるめてくる。

「ひ、英一さん……っ」

「こんなふうに、着ている物を脱がされそうになったか？」

ベルトをゆるめ、スラックスのボタンをはずし、ジッパーを下ろしてくる。

佳樹は慌てて否定した。

「されないっ……そんなこと、されてないから……あ、んっ」

スラックスの前が寛げられたことで動きやすくなった手を、季之が下着越しからじかに肌に触れるものへ変える。乾いた指に割れ目を撫でられ、佳樹から耳を覆いたくなる声が上がる。

季之はクスクスと笑って、佳樹の蕾に指先だけわずかに食ませてきた。

「違うなら、どこまでされたか、ちゃんと教えてよ。上書きしてあげるから」

「そうだな。佳樹は、わたしたち以外には感じられないから、気持ち悪かっただろう。それとも、痴漢に感じたか？」

英一の冷えた問いに、佳樹の背筋が震える。どこか恐怖を覚えた。

佳樹は声を上擦らせて、感じていないと訴える。

「感じてない。か、感じていないから、ぁぁ……っ」

いつの間にか、季之の脚は佳樹の股間から離れている。代わって、英一の手がその場所を覆うように触れていた。

「もう濡れているな。朝の痴漢でも、同じように濡れたのか？」

「濡れ……濡れてない……んんっ」

季之の指が、慎ましやかな花襞の皺を広げるようにまさぐる。そうすると、敏感な入り口のあたりを指で擦られることになり、佳樹は詰まった呻きを洩らした。

そうして感じると、前方を、下着越しに英一から揉みしだかれる。

「やっ……やめ……ぇ……」

「ふふ、こんなに悦んで。電車の中で、よっぽど痴漢に遊んでもらったみたいだね、佳樹」

「大胆なことだ」

「違う……違うからぁ……っ」

季之に、英一にからかわれ、佳樹は瞳を潤ませて否定をする。前から後ろから与えられる快感に、頭がうまく働かなくなる。


啜り泣くような声を洩らしながら、佳樹は痴漢にされたすべてを告白させられた。

前後を男に挟まれ、腰を擦りつけられたこと。二人ともに勃起していたこと。背後の男からは「挿れてぇな」と囁かれたこと。その後、逃げたが、会社近くの駅に着くまで、電車を変えても変えても、新たな痴漢に尻を撫でられたり、股間を弄られたりしたこと。荒い息遣いで欲情されたこと。

告白がすべて終わる頃には、佳樹のスラックスは下着ごと足元にずり落ち、剝き出しの股間は英一に扱かれ、後ろの蕾は季之の指を二本も咥えさせられていた。

「すごいなぁ。痴漢ホイホイになってるじゃないか」

「会社でイかせたのは、いいプレイだったようだな。だいぶ開花したようだ」

季之が、佳樹をいたぶる呆れ口調で言えば、英一は、さらに佳樹へ打撃を与える言葉を口にする。

だが、佳樹にそれを咎める余裕はなかった。感じすぎて、身体が切なくてたまらなくなっていた。

「も……やだぁ……っ」

どうして、と混乱する。今までよりも明らかに、感じやすくなっていた。

まさか、それが『開花』という意味だろうか。

季之が愛しげに、片手で佳樹の頬を撫でた。もう片方は依然として、佳樹の後孔を穿っている。

「ホント、こんなにエロいのに、俺たち以外には感じないなんて、可愛いよな。なあ、もう会社に行かなくてもいいだろう、佳樹。これから毎日、俺たち以外の男に痴漢されるんだよ？　いやだろう？」

なにを言っている。季之は、佳樹に会社を辞めろというのか。

佳樹は涙目で、首を左右に振った。コツン、と季之が佳樹の額に額をつけてくる。

「でも、今日でわかっただろう？　佳樹のエロさに、男は抗えないんだって。それとも、本当は毎日、痴漢されたいの？」

それにも、必死に首を振る。痴漢なんてされたいわけがない。しかし、だからといって会社を辞めるだなんて論外だ。

会社は、佳樹のなけなしの日常のよすがだ。まっとうに勤められているから、季之と英一とのこの異常な関係もなんとか持ちこたえることができている。

その日常さえも奪われたら、自分はどこまで、この二人の誘う淫獄に堕ちていくことか。

それに、辞めてどうする。自分で自分を養うことを放棄したら、完全にこの二人の奴隷だ。ペットだ。

拒絶する佳樹の背後で、英一が鼻で笑う。

「痴漢されたいみたいだな。どうする？　いずれそれがエスカレートし、電車の中でこんなふうに肉襞を弄られるようになったら。それとも、よくあるAVのように、犯されるか」

季之が、英一から視線でなにか指示されたようだった。蕾を犯していた指が、ゆっくりと引き抜かれる。ただし、戦慄く中を刺激しながら。

「……んっ」

　背後で、英一がスラックスの前を寛げる衣擦れが聞こえる。季之の、佳樹を支える力が強くなり、わずかに突き出すような格好になった尻の狭間を、英一の冷えた指が開いた。

「痴漢に、挿れたいと言われたのだろう？　本当にヤられたら、どうする。周囲を仲間の痴漢に囲まれたら、不可能ではないかもしれない。こんなふうに、見知らぬ男にお前のここを……犯される」

「んんっ……ふ、っ」

　上がりかけた声は、季之に抱きしめられることで塞がれた。頭を胸に押さえつけられ、まるで満員電車の中でひそかに行為に及ばれたように、抵抗を縛められる。

　背後からは、英一の張（みなぎ）った怒張が、佳樹の肉襞をかき分け、軽く腰を使いながら奥へと入り込んでいた。

　最後にズンと突き上げられ、甘い吐息交じりに囁かれる。

「——ほら、全部入った。電車の中で、こんなことをされたら、どうする」

　電車の中——というひと言で、佳樹の脳裏に今朝の混んだ車内での淫行が蘇る。あの人ごみの中で、スラックスを下ろされ、中に、痴漢の性器を捩じ込まれたら。

　英一を咥え込まされた粘膜が、ギチと緊張した。痛々しく引き窄まり、挿入された雄の形、逞しさを強く意識させる。

「ぁ……や、んん……」

「ダメだよ。そんな色っぽい声を出しちゃ。周囲にばれるだろう？　佳樹が痴漢に犯されているって」

　季之の意地悪な妄想が、注ぎ込まれる。

　妄想であって、現実ではない。ここは、強制的に転居させられた密会用のマンションで、あの混雑した電車内ではない。

　けれど、囁きに、抑え込まれた声に、二人の男に

挟まれた身体に、佳樹の熱が高まる。

もし、電車の中でコトに及ばれたら。

それがただの痴漢でなく、英一と季之からのものだったら。

ヒクン、と英一を食いしめた佳樹の中が戦慄いた。背筋が震え、快感が股間へと広がる。

まるで、電車の揺れを利用したかのように、英一の雄がわずかに抜け、ズンと奥を突き上げた。

「そういえば、あの路線はひどいカーブがあったな。こうなるか」

「んっ……んっ……んっ……んっ」

小刻みに突かれ、季之に頭を押さえられながら、佳樹は詰まった呻きを洩らす。

季之が耳朶に囁く。ここが車内なら、周囲に聞こえないように。

「佳樹、可愛いペニスがイきそうだよ。電車の中でイッちゃうの？」

「んっ……んんっ」

佳樹は必死に、首を横に振った。イけない。こんな場所でイけるわけがない。

それなのに、英一にしっかりと腰を摑まれて中を抉られ、どうかなりそうだ。

しかし、二人はけして佳樹を許さない。英一に穿たれているだけでどうしようもないのに、この上、季之が脚で、佳樹の前方を悪戯し始めた。

「んぅ……ゃ……っ」

「電車の中では、英一さんもあまり動けないからね。手伝ってあげるよ、佳樹」

こんなところで、下半身を丸出しにして犯され、イくなんて――。

いや……いや、違う。ここは電車内ではない。いつものマンションだ。周囲には二人以外誰もいないし、見られてはいない。

けれど、もし、本当に電車の中で二人にこんなことをされたら。

「おっと、急停車だ」

「んん――――………………っっ!!」

そんな言葉と共に、奥の奥を抉り、突き上げられた。普段は暴かれない結腸部にまで英一のペニスを咥え込まされ、佳樹は声にならない悲鳴を上げる。頭の中が真っ白になり、果実から勢いよく、精液が噴き上がった。ビクン、ビクン、と季之の腕の中で佳樹の身体が痙攣する。

英一の嘲りが、陶酔しかけた佳樹の意識を引き戻した。

「――電車の中でも、そんなふうにイくのか？　恥ずかしい奴め」

「ち……違……違う、オレ……」

「ちゃんと舞台を整えたら、やれちゃうかもね。なんたって、佳樹は同僚の前でイけちゃうんだからさ」

季之がいっそ爽やかなほど、あっけらかんとして言い、佳樹は力なく首を振る。

できるわけがない。この人たちは、なにを言っているのだ。

だが、会社の自席で射精したのは事実で。しかも二度も。

佳樹の身体がグラリと傾いだ。それを力強く、英一が支える。同時に、腰をグッと使われた。達したばかりの中が、キュンと窄まる。

「どうする、チャレンジしてみるか？　まあ、わざわざ舞台を整えなくとも、このまま勤めを辞めなければ、いずれエスカレートした痴漢にどこまでされるか知れないがな。犯されてみるか、こんなふうに」

「ひぅ、っ……いやだぁ、っ！」

言いざま、乱暴に抽挿を開始される。強引な、それこそ犯す側の快楽しか考えていない自分勝手な動きに、佳樹は泣き声を上げた。

しかし、片足を持ち上げられ、季之に晒すような格好で濡れた下腹部を披露させられると、達して萎えた性器が勃ち上がり始める。

前方で佳樹を支えながら、季之はわずかに身体を放して、英一に翻弄される佳樹を鑑賞していた。

「いい眺めだな。本当の電車の中だと、こんなふうに眺められないからね。ああ……電車の中でも、佳樹がこんなふうに乱れるところを鑑賞できるといいのになぁ」

「同好の士だけで一車両を埋められたら、いいショーになるだろう」

その答えに、佳樹の身体がヒクリと怯える。英一も季之も、本気でやりそうな怖さがあった。地位も財力も、もしかしたらやれるのではないかと思わせるものがあるのが、恐ろしい。

季之が携帯端末を取り出す。

「こんなふうに撮影会をしたりね」

カシャ、カシャ、と音を立てて、佳樹の痴態を季之が撮影していく。

「やめて……やめてぇ……っ」

「動画もいいよね」

「ペニスを咥え込むいやらしい孔も撮ってやれ」

「ひぃぃ……っ」

一旦、佳樹の中からペニスを引き抜くと、英一が佳樹を抱えて場所を移動する。ダイニングテーブルの前で佳樹を下ろし、両手をテーブルにつくような態勢にさせた。

「ドア近くのポールに手をついていると思え」

そう言うと背後から、英一が佳樹の尻を広げ、猛々しい肉棒でゆっくりと熟れた媚肉を犯していく。

「いい眺め」

「……ひぅぅ……っ」

犯される姿に携帯端末を向けて、季之がじっくりと撮影していく。

こんなところを撮影されるだなんて。電車の中で、多くの人たちに見られながら……いや、季之以外の男たちも佳樹の痴態を撮影しているかもしれない。

——そんな……そんな、こと……!

違う。ここは電車内ではない。英一と季之しかいない、マンションの中だ。

そう自分に言い聞かせるが、羞恥の戦慄きは止まらない。自分を犯す英一を食いしめて、腰が淫らに動いた。

季之がクスクスと笑う。

「いやだって言うわりには、下のお口はヒクヒクして、英一さんのペニスを食いしめてるよねぇ。前は、と」

と言って少し引いて撮影を続け、季之が佳樹の恥ずべき反応を逐一実況してくる。

「おおっと、トロトロだ。さっきイッたばっかりなのに、また蜜が蕩け落ちてるよ。英一さん、ちょっと佳樹の片脚を抱えて、グズグズのペニスが見えるようにしてよ」

「こうか?」

背後から片脚を抱えるように開かれ、わずかに胸を反らすような態勢に整えられる。そうすることで、佳樹の惨めな性器が露わにされた。

「やめ……てぇ……っ」

動画を撮影している携帯端末を下腹部へと向けられ、犯されながら蜜を溢れさせている性器を克明に撮られていく。グチュグチュと中を犯されている粘ついた音も、携帯端末には収められているだろう。

カシャ、と写真を撮る音も聞こえた。いつの間にか英一の携帯端末を取り出した季之が、動画の撮影と併せて、佳樹の写真を撮っている。

「こうやって、写真を撮る男もいるだろうな、ふふ。どう、佳樹?」

「……やっ、やめ……」

「いい格好だ。皆に撮影されて、嬉しいだろう?」

「いや……ぃ、やだ……」

下腹部がジンジンする。揺さぶられるたびにどんどん快感が深まり、見つめる眼差しに肌が粟立つ。

――気持ちいい……いや、違う……!

抗おうとするが、撮影音に身体がヒクヒクと反応してしまう。

電車の中で、本当にこんなことをされたら――。

そんな佳樹を、季之も英一も楽しんでいる。

「はは、どうする、佳樹。電車の中でこんなことされたら。みんなに佳樹のいやらしいところを見られて、それだけでイッちゃうかな」

視線。無残に犯されながら感じている自分を射抜く、複数の眼差し。見られて、そんな中で英一と季之に犯されて。

「やぁぁ……っ！」

もうダメだった。

見られている。皆に見られながら、佳樹は――。

間欠泉のように、佳樹の果実から蕩けた蜜液が噴き上げる。ピュッピュッと白い蜜液を迸らせて、佳樹は複数の視線の中、絶頂に達した。見られながら、イッた。見られているのに、イッた。

「こんな……こんなの……」

啜り泣く佳樹に、背後から抱きしめた英一がさらなる無体を強いる。

「すっかりいやらしくなったな、佳樹。わたしがイくまでに、あと何度イくか」

英一だけではない。季之も残酷だ。

「扱いてあげるよ、佳樹。こうすると、英一さんが気持ちいいだろうからね」

「いやっ……いやだぁぁぁっっ！」

達して敏感な性器を無造作に扱き上げられ、佳樹は絶叫した。もうイッたのに、その快感がまだ神経を焼いているのに、さらなる快楽を上乗せされて、全身が溶けてしまう。

「会社を辞めないと、こんな目に遭うかもしれないんだよ？」

「遭いたいのだろう。いやらしい奴だ」

違う、違う。こんなことをされたいなんて思っていない。

でも、会社を辞めたら、佳樹の日常は――。

歔欷の悲鳴が室内に響く、英一が満足すれば、次は季之の番だった。会社を辞めようと呪文のように囁かれながら、佳樹は二人に代わる代わる抱かれた。

泣きながら、喘いだ。

「まだ、ハードルが高いみたいだよねぇ、英一さん」

自失した佳樹をベッドに横たえながら、季之はクックと笑った。誰のモノともう判別がつかなくなった蜜液を洗い清めたあとのことだ。

佳樹を風呂に入れながら、季之も英一も湯を使ったから、すっきりとした身体でベッドに入る。

電車プレイのあとは、季之の剛直で串刺しにした格好での夕食、デザートのフェラチオレッスン……からのセックス、セックス、セックスで、佳樹を堪能した。

佳樹が体調を崩していた間は自制していたから、これでスッキリしたと、季之は満足している。

一方の英一も、欲望を発散して、充足していた。こうして、帰宅してすぐ佳樹を堪能できるのが、同居の利点だ。

ただ、ここがゴールではない。

次のステップへの最初のレッスンで、佳樹の身体はだいぶ花開いてきた。今までは淫行時にのみ匂い立っていたフェロモンが、ただ存在するだけで漂い始めたことは、満足のいく成果だ。

今日は痴漢のことばかり重点的に攻めたが、社内でもさて、どれほど雄たちの視線を惹きつけたか。

他人（ひと）がセクシーさを感じるのは、必ずしも容姿ではない。世の中には、美人なのに、なぜか性的欲望をそそられないこともあれば、たいした容姿でもないのに妙に魅力的なこともある。

佳樹は容姿としてはまったくの平凡で、良くもなければ悪くもない、まったく十人並みな青年であった。

ただ、英一と季之の性癖にピッタリくるものがあったから、捕獲されただけである。

ただし、その資質は想定以上に極上のものであった。いつまでも物慣れぬ性格は最高であったし、容姿的には平凡でも、いざコトに及べばえも言われぬ色香を醸(かも)し出したことも予想を上回る美点だ。しかもそれが、刺激されたことで性的な時間以外にも佳樹から漂うようになったのは、実に素晴らしい。

　佳樹の良識を、もう少しこちら側に引き落とすために始めた会社での遂情であったが、よい副産物をもたらしてくれた。

　それに、この変化はより、佳樹を退社へと追い込むだろう。

　もっとも、こちらは引っ越しのように、なし崩しで辞めさせるわけにはいかない。佳樹も納得させた上で辞職させなくては、英一と季之が誘う非日常な淫夢から、佳樹が現実に戻りかねない。

　羞恥する心を保ったまま、佳樹にはこちらの世界に堕ちてきてほしいのだ。

「初日から、だいぶ派手な痴漢をされたようだな、季之」

　そう言う英一に、季之が楽しげに頷く。

「前から後ろから、興奮したオトコを擦りつけられるだなんて、佳樹も罪作りだよね。だから、会社を辞めたら？　って言ったのに」

　親切めかした物言いだが、表情はおもしろがっている。佳樹のあがきは、いつだって季之を楽しませていた。

　英一にとっては、どうだろう。英一の口元にはわずかに皮肉げなものが浮かんでいる。

　堕ちてしまえば楽になるのにという思いと、簡単に堕ちないから佳樹はいいのだという思いのふたつがある。

　だが、とりあえずは佳樹を堕としたい。

　英一がなにを考えているか、季之にも察せられるのだろう。季之自身もそれを望んでいるからだ。

　ニンマリと口元をゆるめて、季之がわざとらしく声を潜めて、英一に提言する。

「佳樹は強情だから、自分自身の資質がどこにあるのか、もっと教えてやったほうがいいよね？」

「もって回った言い方をする。だが、レッスン2を追加するのは、賛成だ。ここも少し、生えてきたことだしな」

　そう言って、英一は横たわった佳樹の片脚を膝から軽く開かせる。

　もう片方を、季之が同じようにして広げた。

「今夜、剃ろうかと思ったけど、英一さんがなにもしないから、そうかなって思ったよ。永久脱毛だよね」

「当然だ。サロンの予約を入れておこう」

　もちろん、普通のサロンではない。英一たちのような男が、奴隷に脱毛を施す場だ。

　当然、処理自体が楽しみの場でもある。

　季之が嬉しげに目を細めた。

「ふふ、佳樹、どんな顔をするかな」

「抜けたところがあるから、そういうものだと言ったら、素直に言うとおりにするのではないか？　もっとも、羞恥でとんでもない状態になるだろうがな」

　英一も笑みを刷く。佳樹がどんな痴態を晒すことになるか、非常に楽しみだった。

　――早く、もっと、堕ちてこい、佳樹。

　ぐったりと意識を失くしている可愛い奴隷(恋人)を、英一は支配者然とした眼差しで見下ろした。

§七

「い、いやだ……」

　佳樹は後退(あとじさ)った。早朝の、空気もまだ清々しい時間だ。

　逃げようとした佳樹を、英一が後ろから抱きとめる。腰に腕を回して、尾骨に響く低音で縛めた。

「ダメだ、佳樹。昨日の痴漢の様子だと、わたしたちで送っていったほうがいい。おとなしく、言うとおりにしろ」

「そ、それがなんで、後ろにそんなものっ……挿れることになるんだよ」

　佳樹が胸を喘がせ抗議すると、手にローターを複数持った季之がにっこりと微笑む。

「せっかく三人で電車に乗るのに、楽しまないのはないだろう？　ついでに、一日中これで中を苛めておいてあげるから、もう一度、会社でイくところを見せて？　英一さんは無理だから、俺が見ておいてあげるからね」

「な、な、な……っ！」

　佳樹は言葉が出ない。あまりといえばあまりな要求に、頭が沸騰し、舌がうまく動かなかった。

「佳樹の様子は録画しておいてくれ。今夜の素材にしよう」

　そんな佳樹には目もくれず、英一が季之に言う。季之も当然と頷く。

「いいね。今日は映像を見ながら、同僚に囲まれて射精するのはどんな気分だったか、事細かく訊こうか。話すだけで、佳樹、きっと大変なことになるよ」

　痴態を想像され、佳樹の頬がカッと紅潮する。朝からなんということを言うのだ。

「そんなことはしない……っ！」

　佳樹は叫んだ。あんな醜態は、一度でたくさんだ。

　しかし、ローターを見せつけていた季之が一旦それをテーブルに置くと、英一に拘束された佳樹のウエストに手をかけてくる。すでにスーツを身につけていた佳樹のベルトをゆるめようとされ、佳樹はもがいた。

「いやだ！　そんなことはしないっ。絶対しないっ！」

「痴漢に遭わないよう、送ってやるのにか？」

　英一が背後から囁く。佳樹は英一を睨んだ。

「そ、それなら！　あんなもの、挿れる必要なんてないじゃないかっ。それに、また会社で……しろだなんて、昨日だってあ、あ、あ、あんな態度、されて……またしたら、オレ……オレ……」

「同僚に知られたら、会社を辞めればいいじゃないか。佳樹一人、養えるよ？」

季之が小首を傾げて、微笑む。

そんなことではない。佳樹は、今度は季之を睨んだ。

「辞めない。オレは……あなたたちのエロのための玩具じゃない。オレにはオレの、人生がある」

「意地っ張りだなぁ。でも、聞かないけどね」

季之がほくそ笑み、佳樹のスラックスの前を寛げた。無造作に下着ごと押し下げ、脚を開かせる。

「やめて……っ、あぅっ」

拒絶する佳樹を遮るように、英一が佳樹の性器を握ってきた。少し強いが、扱かれると身体の力が抜ける。

どうしてこうなるのだ。自分の身体が憎くなる。

季之が、ローターを置いたテーブルに先に用意していたチューブを取る。中のクリームを指先につけ、佳樹の後孔に塗り込む。

「んぅ……っ……や、めて……い、や……だっ」

なんとか拒もうとするが、英一に喘がされ、侵入する季之の指にも感じてしまい、佳樹の眦に涙が滲んだ。

「あれれ。佳樹、昨日、ここを剃ってあげればよかったね。少し伸びてきているよ」

「手入れが必要だな。次は永久脱毛だ」

「そうだね。ツルツルの佳樹、本当に可愛いもんなぁ」

英一のとんでもない提案に、季之が即座に賛同する。まるで、事前に打ち合わせでもしてあったかのようだ。

佳樹は青褪めた。永久脱毛なんて、そんなことをされたら、佳樹のそこは一生無毛になってしまうではないか。大人の男が無毛だなんて、冗談ではない。

「え、永久脱毛なんて……や、やめ……」

「後ろに玩具を挿れて会社に行くのもいや、永久脱毛もいやとは、我が儘だな」

後ろを振り返らなくても、英一が眉間に皺を寄せているのがわかる。理不尽な不機嫌であったが、機嫌を悪くした英一がどんな辱めを強いてくるか、佳樹は背筋を冷たくした。

佳樹の後孔から指を引き抜き、英一をなだめるように、季之が苦笑する。

「佳樹が怯えているよ、英一さん。こういう常識が捨てられないのが佳樹のいいところなんだから、許してあげなよ。――佳樹も、あんまりあれもいやだこれもいやだって、我が儘を言ってはダメだよ。佳樹だって、俺たちのすることを本気でいやがってているわけじゃないだろう？　いつも、あれだけ感じてるんだもんね。俺たちも、佳樹の可愛いところが見たいだけなんだよ？　恥ずかしくって、感じまくってる佳樹は、本当に可愛らしいからね。だから……もう一度、もう一回だけでいいから、会社で射精するところ、見せて？」

「……無理……む、無理……」

やさしい言い方だが、季之の要求は英一と同じだ。一度は流されてしまったが、同じフロアの同僚にあのような態度を取られた以上、再びあんな痴態を演じるわけにはいかない。今度こそ、佳樹がなにをしているのか、ばれてしまうかもしれないではないか。

「どうしても？」

佳樹の頬を包み、季之が甘く覗き込む。ハーフのように虹彩の薄い瞳に見つめられ、佳樹の心がぐらつく。

ちょっとした芸能人めいた華のある容貌の甘さに、佳樹は臍(ほぞ)を噛(か)んだ。

だが、今度は流されるわけにはいかない。

「もう……無理。次はきっと……あ、怪しまれる……」

佳樹の本気の怯えを読み取ったのか、季之が肩を竦める。

「しょうがないなぁ」

そう頷いて、チュッと佳樹の唇に軽いキスをした。

もう一度、さらに一度、チュッチュッと戯れるように唇を啄む。

諦めてくれたのか、と佳樹はホッとした。しかし、わずかに唇を離して、季之が頼んでくる。

「会社での射精は諦めてあげるから、脱毛はいいよね？ 佳樹の可愛い股間を、完全にツルツルにしたいなぁ」

「だ、脱毛は……」

永久脱毛も、無茶な頼みだ。大人の男で無毛の股間なんて、ありえない。

「ご、ごめんなさ……」

「無毛の股間を誰かに見せろっていうわけじゃないんだよ？ それでも、ダメ？」

「だ、だって……毛がないなんて、大人なのに……そんな人……」

柔らかく頼んでくる季之に、強い拒絶ができない。だからといって、股間を無毛になどできなかった。すでに剃毛させられているとはいえ、永久脱毛は次元が違う。

「欧米では、脱毛も珍しい話ではないのだがな」

力なく否定する佳樹の耳朶に、英一が囁く。どこかそそのかすような、囁きだった。

「う、そ……」

思わず、佳樹は英一の言を否定した。しかし、英一どころか季之も、違うと言ってくる。

「本当だよ？ 向こうでは不衛生だとかいってね、男も女も股間を脱毛する人が多いんだよ。脱毛しないまでも、手入れは必須だしね。俺たちだって、以前の佳樹みたいに伸ばしっぱなしの状態にはしていないだろう？」

言われると、英一も季之も適度な長さに陰毛をカットしていることに気づく。容姿の優れた男は、そういう部分もいい具合に生えているのかと思っていたけれど、よく考えれば、あれは手入れしている状態だ。

問うように、英一にも振り返ると、肩を竦めて頷かれた。

「定期的にサロンに行って、カットしてもらっている。佳樹に挿入するのに不潔にするわけにはいかないだろう」

　行為のことを持ち出され、佳樹の頬がうっすらと赤らんだ。そんなふうに気遣われていたのかと、初めて知った。

　いや、いや、騙されてはいけない。佳樹と知り合う前から、そもそもマナーとしてやっていたのだろう。セレブのマナーだと思うが。

　考えてみれば、爪だって綺麗に磨かれて、爪切りで切っただけの佳樹とは大違いだ。

　――でも……不潔、か……。

　天然の状態で生やしているのは、不潔なのだろうか。

　季之が佳樹の股間に触れて、訴える。

「佳樹のここ、剃刀負けして色が変わるのはいやだな」

「わたしたちのようなカットと違い、永久脱毛は処置が終われば、もう施術者に股間を晒さなくてもよくなる。世界的にはここの処理は普通だ」

　普通――本当だろうか。

「脱毛した状態のほうが、佳樹のここ舐めるのが楽なんだけどな」

　季之がまたチュッと、佳樹に軽いキスをする。

　英一がクックッと笑った。

「佳樹がわたしたちのモノを舐めるよりも、わたしたちが佳樹のモノを舐めることのほうが多いからな」

「ぅ……」

　昨夜のように、レッスンだと口淫を求めるのはあまりなかった。佳樹が得意でないということもあるが、二人が、佳樹を喘がせるのを楽しんでいるせいもある。

　と、英一がテーブル上のローターを手に取った。

　佳樹に見せつけるように玩び、訊ねる。

「会社で素敵なショーを演じるか、それとも――」

「どちらもいやだなんて、ひどいよね？　俺たちのほうが、佳樹のフェラ、いつもやってるのに」

　佳樹は喘いだ。口を開閉し、ごくりと唾を飲む。

ローターはいやだ。皆の前でイくなんて、無理だ。もう二度としたくない。

「も、もし……もし、脱毛……するって言ったら、ローターは……」

「仕方がない。諦めてやろう」

　英一が耳朶に告げる。季之がにっこりと頷く。

「佳樹がひとつ譲ってくれるなら、もちろん、俺たちも譲るよ。佳樹のここ、綺麗にツルツルにしようね」

　嬉しそうに股間を撫でられた。

　佳樹は頷くしかなかった。両方を拒むのは、おそらく無理だ。それに、脱毛がそれほどおかしくないというのなら……。

　英一がサッと、ローターをテーブルに戻す。二人に下着とスラックスを戻され、身支度を整えられた。

なんだかひどく、間違った交渉をしてしまった気がした。本当にいいのだろうか。

　佳樹の頭はクラクラしていた。


　その日の夜、佳樹は早々に脱毛サロンに連れていかれた。初回だからか、それとも、佳樹が土壇場で逃げないようにするためか、英一と季之が二人して同行している。

　通りから少し奥に入った中層のビルだ。ただし、入り口には小さいながらもロータリーがあり、ドアマンとでもいうのだろうか、ホテルの玄関などでよく見かける体(てい)の男が二人、待機している。

　運転していた季之がその男に車のキーを渡すと、地下あたりにでもあるだろう駐車場まで、代わりに運んでくれるようだった。

　中に入るとエントランスも、派手ではないが上質さの感じられる設(しつら)えになっていた。落ち着いたブラウンベースの絨毯は踏み心地がよく、入って中央の台座には季節の花が大きく飾られ、ともすれば無機質になりがちなエントランスに温かみを与えている。

大理石にも見える壁際には幾つかソファも置かれ、ちょっとした待ち合わせに使用できるようになっている。

さらに、場の雰囲気を壊さない目立たない配置でコンシェルジュが待機しており、時に応じて待ち合わせの間に飲み物をサーブしてもらうことも可能らしかった。

ビル内に入っているテナントについての表示はない。そんなものがなくても困らない客層が対象の、一般庶民には無縁の場所のようだった。

エレベーターに乗りながら、季之が教えてくれる。

「女性向け、男性向けの各種エステサロンが幾つかと、フィットネスジム。医療関係もけっこう入っているかな。美容系が多いけどね。あとは……お忍びで通いたい人向けのものが充実しているかな」

「お忍び……？」

少しピンとこなくて首を傾げる佳樹に、季之が例を挙げてくれる。

「ダイエットしているのを他人に知られたくないとか、ちょっとしたお直しとか、ね」

「お直し……」

「そんなことをしても、手直しすれば、すぐにわかるのだがな」

英一が冷ややかに言い捨てる。お直し――つまり、整形したかどうか、英一にはひと目でわかるのだろうか。

正直、佳樹にはわかる気がしない。ネット上などで、この芸能人は整形しているだのなんだの取りざたされるが、写真で説明されてもちっともわからなかったのだ。

しかし、英一の言に季之も肩を竦めている。

「こういうところの医師だったら、ぱっと見でわかるほど下手はしないけど、まあ、気づいちゃうよね。

そこは、知らないフリをするのが紳士だけど」

それに、と季之は続ける。意外に、からかい口調ではなかった。

「綺麗になりたいって頑張る女性は、可愛いよね。うちの流派に通っているマダムにも多くて、そういうところが少女みたいで可愛いんだよ」

「おまえはそれが仕事だからな」

英一が言う。それに季之は苦笑した。

「んー、たしかにマダムの相手は俺の担当だけど、やっぱり女性は可愛いよ？　男のえげつなさとは違うしね」

そう言って、チラリと佳樹に流し目を送る。なにが言いたいのだろう。

「え……あの……」

戸惑う佳樹の顎を、季之の長い指がくすぐる。

「だからね、佳樹。俺がマダムたちといるのは流派のためだから、誤解しないでくれよ？」

「ご、誤解なんて……」

しないと続けようとした佳樹の顔を、季之が覗き込む。少し色素の薄い目に見つめられ、佳樹はついドキリとした。本当に、憎たらしいほど容姿の整った男だ。こんな男から、可愛いなんて言われたら、既婚女性といえども胸が浮き立つに違いない。例えそれが、茶道香月流のためにしているとしても。

季之がクスリと口元を綻ばせる。

「本当に？　俺がマダムたちの香水の匂いをさせていると、よく眉間に皺を寄せているのに？」

「そ、それは仕事だって……」

季之が香月流の中で、その容姿を生かして、特に力のあるマダムたちの相手をしていることは、この一年以上の付き合いの中で説明されている。いまさら、誤解なんてしない。

ただ、そういった女性との付き合いがどこまでのものか、気にはなるが……。

そんな佳樹の複雑な心中を知ってか知らずか、季之が軽く、耳朶にキスしてくる。

「ちょっ……こんなところで……！」

「大丈夫。マダムたちは俺を王子様を見るみたいに眺めているだけで、俺が男のえげつなさを見せるのは、佳樹相手だけだから、ね？」

「え、えげつなさって、なに……あっ」

　そう訊いたところで、エレベーターが目的階に到着し、無言だった英一が佳樹の腰に腕を回す。降りるぞというように促され、佳樹はよろめきつつエレベーターを降りた。

　英一に腰を抱かれている状態に赤面しながら廊下に出たが、ロビー階と同じブラウン系の絨毯が敷かれた廊下は、無人だ。佳樹たち三人以外に人影はなく、少しホッとする。

　エレベーターから出てすぐのところに、重厚な木材の扉があった。表示もなにもないドアだったが、佳樹たちが近づくと、中から開き、黒のお仕着せを着た男性が出迎えた。

「ようこそお越しくださいました、長谷川様、香月様、高山様」

　佳樹たち三人に丁寧に頭を下げ、男性が中へ招き入れる。受付らしきカウンターのあるロビーは、淡い照明がぼんやりと灯る、脱毛サロンというよりちょっとしたバーのような雰囲気の場所だった。漂うハーブ系の香りが、ここがバーではないことを示していたが、脱毛サロンというには少々ムーディーすぎはしないだろうか。

　こういう場所が初めての佳樹は、そんなことを思う。

　ロビーの一角にあるソファスペースで、ペリエを供されながら、施術の説明、アレルギーの有無などを確認されたが、なんとなく佳樹は落ち着かなかった。会社帰りのくたびれたスーツのままだったせいかもしれない。

　なにしろ、英一と季之が選んだ脱毛サロンだ。佳樹が想定するような、一般人が利用するサロンとは明らかに格が違う。

入居しているビルからしてセレブ御用達の匂いがプンプンしており、場違い感がはなはだしかった。

きっと、目の前の男性が着ているお仕着せのほうが、佳樹の一着一万円そこそこのスーツより遥かに上等なものに違いない。

しかし、一人だけ明らかにセレブではない雰囲気の佳樹に対しても、男性の態度はまったく変わらなかった。英一や季之に話しかける時と同じ、丁重な口調、態度を崩さない。それだけ、きちんと従業員教育をされているのだと知れた。

――うぅ……ここで、あんなところを脱毛するなんて……。

今朝は英一と季之に言いくるめられてしまったが、時間が経ち、また場違い感を味わっていると、自分がとんでもないことに頷いてしまったのではないかと不安が込み上げる。

欧米ではしている人が多いと言われたが、本当だろうか。二人に騙されたのではないだろうか。

事実としてわかっているのは、英一と季之のあの部分が手入れされていることだけだ。手入れであって、脱毛ではない。

――やっぱり、毛がないっておかしいんじゃ……。

勇気を出して訊いてみたほうがいいのではないか、と思った佳樹の肩を季之が抱く。腰には英一の手が回されていた。

「さ、行こうか」

「行くぞ、佳樹」

「あ、あの……あの……」

サロンの男性従業員がいるのに、こんな親密な姿を見せていいのだろうか。

そう口を開閉させようとした佳樹の機先を制するように、英一が素っ気なく佳樹を引き立てる。

「こうでもしないと、逃げるだろう」

「約束したよね、佳樹」

そうして季之が、口の動きだけで『ローター』と、佳樹にほのめかす。

ビクン、と佳樹の身体が強張った。そうだった。ここで拒めたとしても、それをすれば、きっと明日の朝は会社での行為を強いられる。もう一度、会社で――皆の前で達するなんて仕打ちを強制されたら、今でさえ妙に佳樹に馴れ馴れしくなった同僚たちの態度がどうなるか。

いやそれ以前に、次に同じことをしたら、今度こそ佳樹がなにをしているか、周囲にばれてしまうかもしれない。

――あんな場所で射精……したと知られたら、オレ……変態だって……。

変質者を見る目で、周囲に見られる。もう会社にはいられなくなる。

佳樹はヨロヨロと脚を動かした。脱毛……それも恐ろしいが、会社での射精がばれるよりはまだマシだった。少なくとも、佳樹の股間が無毛であることは、衣服を着た状態ではわからない。温泉施設などで、不特定多数の人間と一緒に入浴するなどしなければ、まずばれないことだ。

仕方がない。

佳樹は項垂れつつ、唇を噛みしめた。諦めるしかなかった。

しかし、その覚悟はまだ甘かったのだとすぐに知る。施術スペースに入ると、スーツをすべて脱ぐように指示されたのだ。

「ぜ、全部、ですか……?」

「はい。レーザーを使いますので、万が一、着衣に光線が当たりますと、お客様にご迷惑をおかけすることになりかねません。申し訳ございません」

いたわるように頭を下げられ、佳樹は強く拒む言葉を失くす。柔らかく対応されると抵抗しにくくなるのが、佳樹の弱いところだった。気がいいともいえる。

それでもなかなか動けない佳樹に、季之が背後からジャケットを脱がせてくる。

「ほら、佳樹。手伝ってあげるよ」

「と、季之さん……！」

そういえば、いつまで二人は施術スペースにいるつもりなのだ。スペースにはゆとりがあり、待ち人用なのかソファまであったが、あんな場所を脱毛されるところを二人に見られたくない。

そう思った佳樹だったが、鼻で笑いながら次の言葉を放った英一に愕然となる。

「そばで見ていてやるから、怯える必要はない。早くしろ、佳樹」

「そ、そばで、見て……」

いやだ、と佳樹は後退った。だが、背後にいる季之に、すぐ止められる。含み笑いつつ、季之が佳樹に明るく告げる。

「話しながらのほうが気が紛れるから、友人と一緒に来る男は多いんだよ、佳樹。ね？」

言いながら、季之が施術員をチラリと見ると、施術をする男性が穏やかに同意を示す。

「はい。時間も少々かかりますし、中には秘書をお連れの方もおられます」

「ひ、秘書……？」

季之は肩を竦めるが、意外そうな口ぶりではない。

「サロンでも仕事か。やだなぁ」

セレブが利用するサロンでは、仕事をしながら施術を受けるのも、そう珍しい話ではないということか。

——いつも思うけど……世界が違いすぎる……。

本当に股間を晒して、秘書と仕事をしているのだろうか。

そんな風に惑ううちに、季之によってネクタイを抜かれ、ワイシャツのボタンを外される。

戸惑いながらも、佳樹は裸になった。

——うぅ……恥ずかしい。

着衣の三人に囲まれて、自分一人が裸体であることが恥ずかしくてたまらない。

だが、いつもの淫事のために全裸になったのではない。脱毛のためだ。

——脱毛……脱毛……恥ずかしいことをされるわ

けじゃない。

何度もそう自分に言い聞かせ、佳樹は施術台に座った。椅子になっているそれには、脚を配置する場所が設定されており、右脚、左脚と、施術員に導かれながら、置く。軽く開くような配置だった。

股間をレーザー処理するのだからそうなのだろう、と佳樹は不思議にも思わなかったのだが、「それでは、動かしますね」と施術員に言われ、ビックリする。

「え……ちょっと！」

椅子が倒れていき、横たわる状態になったかと思うと、次には両脚が恥ずかしい状態に開いていったからだ。

「あ、あ、あの、こんな格好……なんで！」

起き上がろうとしたが、腕、腰、太腿、ふくらはぎ、と拘束されているため、動けない。両脚をソファのある方角に向かって広げられた姿に、佳樹は肌を真っ赤に染めた。

佳樹は全裸なのだ。全裸で、しかもこの体勢だから後孔までさらけ出された格好で脚を開かれて、動転しないわけがない。

そんな佳樹に、施術員の男性が申し訳なさそうに謝る。

「わたくしの説明不足でございました。申し訳ございません。お客様の場合、大事な部分への施術でございますので、位置の都合上、このような体勢をお願いしております。どうかお許しくださいませ」

「で、で、でも、こんな格好……！」

股間を晒す姿に、佳樹の呼吸が上がる。吐息だけで笑う気配のあと、英一に「いい格好だな」などと言われては、なおのこと羞恥が高まった。

嬲る英一を、季之がなだめる口調で、佳樹の退路を断つ。

「意地悪を言うなよ、英一さん。股間の脱毛では、普通のことなんだからさ」

普通――本当だろうか。本当に、陰毛の脱毛では、誰もがこんな恥ずかしい格好をするのだろうか。男性はともかく、女性は……と思いかけ、佳樹は必死に反論する。

「お、女の人も、こんな格好……するんですか」

「はい、女性のお客様も同様でございます。特に、女性には繊細な場所でございますから、よく見えるようにいたしませんと、やり残しがあってはいけませんので。もちろん、施術員は女性ですが」

施術員が器具の準備をしながら、佳樹の疑問に答える。言い慣れた様子が、この行為への慣れを感じさせて、佳樹は納得せざるをえなかった。

ギュッと目を閉じて、耐えるしかない。

諦めて目を閉じ、唇を噛みしめた佳樹は、英一と季之の目配せに気づかなかった。

椅子は、この特殊なサロン用に設置されたものであったし、施術員もその用途のために教育された人間であった。

たしかにこの場所は脱毛サロンであったが、通常の脱毛サロンではない。英一と季之が愛用している特殊倶楽部と提携した、見て、見られて、を楽しむためのサロンであった。

羞恥行為の対象を、公開脱毛で嬲るためのガラス張りの広間までも用意されているし、今回使用したように、ごく普通の脱毛サロンだと騙して楽しむためのコースもあった。

佳樹のように、美容に無知な相手はやりやすい。現に、『普通だよ』のひと言で、明らかに怪しい行為も、首を傾げつつ受け入れてしまう。

「——では、まずは生えている部分を電動カミソリで剃らせていただきます」

準備の整った施術員に股間を触れられ、佳樹はビクッと肩を震わせた。少し冷えた施術員の手に、股間——どころではなく、ペニスを持たれたからだ。

だが、そうしなければ股間を剃りにくいのもわかる。だから、これは当然のことだ。

そうやって自分を落ち着かせようとするが、施術員に性器を軽く握られ、股間に電動カミソリを滑らせられている様を英一と季之に見つめられていると思うと、心臓が飛び跳ねる。

「さすが、プロは上手だね」

「そうだな」

季之が言えば、英一も同意する。

言わないで、と佳樹は言いたかった。二人の声が聞こえたら、よけいに見られていると意識してしまう。意識したら……したら……。

「………んっ」

「失礼いたします。今少し、ご辛抱をお願いいたします」

性器の根元、裏側の肌を丁寧に電動カミソリが行き来し、その動きを助けるためか、性器を支えるように反らされ、佳樹は詰まった喘ぎを洩らす。根元を見やすくするためだろうか、何度も何度も性器を上向かせようとする動きが、まるで根元を扱くような形になって、しかもそれを英一と季之の二人も見ていて、身体が熱くなる。

おや、とでもいうように、英一が冷たく指摘する。

「佳樹、勃ってきたぞ」

「ペニスを握られたら、しょうがないよねぇ、ふふ」

「言……わないで……っ」

指摘されて、ますます施術員に握られた性器の芯が硬くなる。

電動カミソリが離れ、一旦それを器具のあるテーブルに置いた施術員が、後孔に触れてきた。

「ひ……っ」

「申し訳ありません。こちらにも生えておられる方が多うございますので、確認させてくださいませ」

「お尻まで陰毛が生える人って、そんなにいるの?」

佳樹の戦慄きなど歯牙にもかけない様子で、季之が呑気に施術員に訊ねる。施術員は佳樹の後孔の襞を丁寧に伸ばしながら、陰毛があるかないか確認を続け、季之の問いに応じる。

「はい。陰部を守るためのものですので、お尻の孔の部分まである方も多うございます」

「ふぅん……それじゃあ、念入りに確認しておいてくれる？　男同士だから、いいよね」

「もちろんでございます」

「……んぅ、っ！」

丁寧に答えた施術員が、後孔の襞の縁に指を引っかけてきて、佳樹の背筋が仰け反る。後孔に指が……ほんのわずかだけれど、指が挿入る。

「やっ……あぁ」

「変な声を出すな、佳樹。彼が驚くだろう」

呆れたような、英一の叱責。佳樹の目尻に涙が滲んだ。佳樹だって、こんな反応などしたくない。だが、二人の眼前で尻の孔に指を挿れられ、施術員の手が添えられているペニスがジンと疼く。肌を確認する指を、後孔が喰いしめてしまう。

「大丈夫ですよ。敏感な場所ですので、こうなる方は少なくありませんので」

冷静に応じる施術員の態度に、佳樹の羞恥はいっそう煽られる。そんな意図もない手に反応して、こんなふうになる自分が、恥ずかしくてたまらない。

けれど、ソファから立ち上がった季之が、施術員に触れられた佳樹の後孔を覗き込んできて、腰が突き上がるように揺れた。

「い、やだぁ……っ」

「へぇ、佳樹の尻の孔って、綺麗なんだな。全然、陰毛がないみたいだ」

「はい。これほどお綺麗な方は、わたくしもあまり見たことはございません。お尻に続く、この部分もほぼ無毛ですし、レーザーは主に性器の周囲に当てることになると思います」

佳樹の挙動をよそに、施術員と季之は会話を交わす。

と、季之の指が、施術員がほぼ無毛と言った場所を触った。いわゆる、蟻の門渡りの部分だ。

「ホント、ツルツルだね、ふふ」

「んんっ……ん――……っ」

性感を煽るように季之の指がそこを撫で上げ、佳樹のはしたない果実がクンと反り返った。

「あれ？　完全に勃起しちゃったよ」

その言葉に、英一までがソファから歩み寄ってくる。二人して佳樹の広げられた下肢を覗き込み、冷淡に鼻を鳴らした。

「恥ずかしい奴だな。ただの脱毛で、ペニスを勃たせるとは」

嬲る言葉にも、佳樹の肉奥は熱を孕んでいく。やめてほしくて、佳樹は涙で滲んだ眼差しで英一を見上げた。下肢を覗き込んでいた英一が、視線だけをわずかに上げる。

二人の視線が絡み合った。眼鏡の奥の怜悧な眼差しが——その奥に、喜悦の色が滲んでいた。

ドクン、と佳樹の胸が弾んだ。

慌てて英一から目を逸らすと、その目を季之のそれが捕らえる。口元の爽やかとすらいえる微笑と、それと相反する興奮を滲ませた薄い虹彩。

ただ脱毛処理を受けるだけでは、二人は赦してくれない。会社での行為と引き換えに受け入れさせられた仕打ちは、会社でのものと引けを取らない、佳樹を辱める行為だった。

明らかに淡々としている施術員を、佳樹は縋るように見上げた。その事務的な態度は、佳樹のような状態に対する慣れを感じさせる。

男の敏感な部分に触れるのだ。まかり間違って勃ってしまう人間も、いるのかもしれない。変な声が出てしまう場合も。

きっとそうなのだろうと察せられても、それで羞恥がなくなるわけではない。

それに、と佳樹は拘束された拳を握りしめた。

——施術する人はきっとこういう態度をするって知っていたから、英一さんも季之さんも……。

佳樹の身体が反応したところで、施術員はなにもなかった態度を取るだろうとわかっていたから、こんなことを仕掛けてきたのだろうと思った。佳樹を辱めるのにちょうどいいと——。

「それでは、ジェルを塗らせていただきます。そのあと、レーザーを当てていきます」

完全に反応している佳樹の性器になるべく触れないように気遣いながら、施術員がレーザーを当てる肌にジェルを塗り始める。それでも、時々わずかにジェルを塗る指が性器に触れ、そのたびに佳樹は唇を噛みしめた。

英一も季之も、再びソファに戻り、ビクビクと身体を震わす佳樹を鑑賞している。じっと、纏わりつくような視線を感じる。

「ん……ふ……」

トロリ、と果実の先端から蜜が滲んだ。

施術員が器具の載ったテーブルからティッシュを取り、性器に当てる。

「失礼します。拭かせていただきます」

そんなこと、言わないでほしい。

佳樹は固く目を瞑り、施術員がペニスの先端をティッシュで拭うのをこらえた。

ソファから季之が、英一を誘って立ち上がる。佳樹の顔の横にまで来ると、施術員に話しかけた。

「佳樹のペニスから出た精液は、俺たちが拭いてあげるよ。そのほうが、施術に集中できるだろう？いいよね、英一さん」

「そうだな。こんなに勃起していては、君もやりにくいだろう」

「ゃ……めて……」

ひどい言いように、佳樹の目尻から涙が零れ落ちた。反応してしまう佳樹が悪いのだが、そんな言い方をしなくてもいいだろう。施術をするのは、英一たちのような異常な行為を楽しむ人間ではないのだ。普通の、ただ務めを果たしているだけの人なのだ。

佳樹たちの恥ずべき行為に、巻き込まないでほしい。

だが、施術員はどこまでも教育の行き届いた男性だった。

「大丈夫ですよ、お客様。こうなる方は、お客様が想像なさるよりも、ずっと多うございますから。どうか、お気になさいませんよう」

そんなやさしいことを言ってくれる。

ただ、レーザーを当てながら、勃起した性器から精液を拭い取るのは大変なようで、恐縮しながら、英一と季之に佳樹のそこを清めるのを依頼する。

そうして、レーザー脱毛が始まった。声かけのあと、バチッと肌に衝撃が走る。軽い痛みに佳樹は身を竦め、けれど、英一に、季之に、性器を握られ、下肢が蕩けた。

一方が性器を握ると、もう一方は佳樹の耳朶に屈み込んでくる。

「ひぅ……っ」

バチッとした痛みのあと、季之が囁く。

「痛いのに感じちゃった?」

またレーザーの痛みが走り、英一の指が先端の蜜を拭う。施術員がいるのに、指でじかに精液を拭うなんて。

指についた佳樹の蜜を、英一がティッシュで拭き取る。

「いゃ……やだ、ぁ……っ」

「痛いですか?」

心配そうに、施術員が訊くのに涙する。

見ないで。こうなる人が佳樹だけではないとしても、こんな恥ずかしい状態になった佳樹を見ないでほしい。

「……ひっ、いやぁ……っ」

「一度、イッたほうがいいかもね、佳樹」

今度は、英一から季之に性器を弄る相手が変わり、施術員の目の前で季之が佳樹の果実を扱く。

施術員は苦笑し、佳樹たちに背中を向けた。

「よろしくお願いします。わたくしは、こうしておりますので、お気になさらないでください、高山様」

佳樹の名で気遣われ、よけいに、居たたまれなくなる。

「ぃ……んっ……んっ……や、め……ゃめ、て……

んん……っ！」

「こうなっちゃったら、イッちゃうほうが楽だからさ。大丈夫。股間の脱毛でこうなるのは、よくあることだから。そうだよね？」

佳樹の果実を扱きながら、季之が朗らかに施術員に話しかける。背中を向けたまま、施術員は同意する。

「はい。時には、自分で処理される方もおられますので、大丈夫でございます」

「へぇ、自分で処理するんだ。それもいいな」

「や、やだ……んぅっ」

施術員が背を向けているのをいいことに、英一が佳樹の乳首を抓る。痛みに、よりいっそう季之が与える快感が甘く、身体の内側を支配していく。

いやだ。こんなところでイきたくない。

でも、こうなって自分で処理する人も——。

こんな部分だから、施術員に触れられて、高まってしまう人もいるだろう。いると言っていた。高まって、自分で処理して……それとも、高まったまま施術を受けて……。

抓った胸に、英一が身を屈めてキスを与えてくる。チュッと吸われて、季之に性器を弄られて、佳樹の頭の芯がクラリと霞んだ。

施術員は背を向けている。見ていない。見ていない。こうなるのは……こうなる人は、いる。いるから、だから。

「んっ……んぅ……ぃ、や……んっ……んっ……んんん——……っっ!!」

キンとした耳鳴りと同時に、佳樹の果実が弾けた。弾けてしまった。施術員がいるのに、聞こえているのに、股間が跳ね上がり、欲情が飛び散る。

腰が突き上がる。もう一度、さらにもう一度。

——やだぁぁ……出ちゃうぅぅ……！

こんな状況でイくなんて、自分はどうかしているのではないだろうか。いくらよくあることとはいえ、施術員のいる前でこんなふうになるなんて——。

呼吸を荒げる唇を、英一のそれが塞ぐ。飛び散った精液を、季之が甲斐甲斐しく拭い取ってくれている。

音を立てないように、けれど、ねっとりと佳樹の唇を味わってから、英一が顔を上げた。見下ろす眼差しは傲然とした支配者のもので、こんな場所で達した佳樹を嬲るように、細められていた。低くひと言。

「――恥ずかしい奴め」

「……っっ」

そのひと言だけで、達したばかりの佳樹の熱がまた芯を持つ。

「あれ？　……ごめんね。せっかくイかせたのに、また勃起しちゃったよ。こう見えて、佳樹、中高生みたいに元気だからさ」

季之がクスクス笑いながら、施術員に謝っている。

「いえ、男として羨ましい限りです」

施術員は職業的な冷静さを崩さず、そんなことを言ってくる。

佳樹は居たたまれなかった。感じたくない。こんな状態で達したのだから、もうこれ以上恥ずかしい状態にはなりたくない。

それなのに――。

「よかったな。脱毛もいいものだろう」

施術員に聞こえないように、英一が佳樹の耳朶に囁く。その嘲るような口調に、佳樹の目尻に涙が滲んだ。

早く。早くこの時間が終わってほしい。

ただただそれを祈りながら、佳樹は恥辱的な施術時間を耐え続けた。

永久脱毛の施術は、一回で終わるものではなかった。間を開けて数ヶ月、定期的にレーザーを当てる必要がある。

あの恥辱を、あと数ヶ月も繰り返すのかと、佳樹は眩暈がする思いであった。いくら、同じようになる男が多いからといっても、恥ずかしい状態になるのは佳樹だ。ああなるとわかっていたからこそ、英一も季之も付き添ってきたに決まっているし、この先もずっと付き添うだろうことがわかっていた。

二人の不埒な目論見を知らないだろう施術員に対しても、申し訳ない。終了後に、「よくあることなので、お気になさらないでくださいませ。大丈夫ですよ」と何度も佳樹を慰めてくれただけに、申し訳なさが募った。

それなのに、季之も英一も、「毎回、違う施術員を指名するのもおもしろそうだ」などと言ってくる。なにも知らない施術員の前で堂々と佳樹を辱める機会を、存分に楽しむつもりなのだろう。最低だ。

だが、もっと最低なのは佳樹だった。

結局、施術の間にもう一度、終了してから、施術員に席をはずしてもらって、二人の前で自慰をさせられて一度、あの場所で達してしまった。そういう場所ではないと自制を促せば促すほど、自身の昂ぶりは制御できないものになり、解放まで欲情は治まることはなかった。

英一と季之によって引きずり出された自身の嗜好が異常であると、佳樹も自覚している。あげくに、二人にされながらでなければ感じることもできなくなっている現実に、絶望すら覚えもした。いや、絶望している。

だからこそ、抵抗しながらも会社での厭うべき自慰行為をやってしまったのだし、脱毛サロンで恥ずべき反応を示してしまった。

二人と知り合って、もう何度思ったか知れない「どうして……」が、心中で繰り返される。好意や恋を覚えるより先に、身体ばかりが熟れさせられ、心は置き去りになっている。

英一も季之も、佳樹をどうしたいのだ。どうするつもりなのだ。

二人の嗜好に、佳樹が適合しているのはわかっている。だが、その執着はどこまで、佳樹を異常な世界に堕とそうとしてくる。

——せめて……せめて、ちゃんと自分で自分を養える仕事だけは、失わないようにしないと。

まっとうな仕事で、まっとうに稼ぎ、それで自分自身を養う。

それが最低限のラインだ。せめて、それは守る。絶対。

佳樹はそう決意して、どんなに夜、二人からの淫行を受けても、朝には必死に起き、会社に向かった。

二人の用意した密会用のマンションになし崩し的に引っ越しさせられて以来、英一も季之もそこに住むようになっており、必然的にほぼ毎晩、佳樹は二人の欲望に付き合わされた。

凝ったシチュエーションでの行為こそ稀だったが、マンションの部屋で、二人に見つめられながら抱かれるだけで、佳樹の恥ずかしさは極まった。

そう。別に、屋外での際どい行為でなくとも、二人の目——季之のおもしろがるような、英一の嘲るような、その眼差しで視姦されるだけで、恥ずかしい状態になっている自分に眩暈がし、昂ぶるほどに、佳樹は二人との行為に囚えられていた。

おぞましい。それなのに、逃れられない。

だからこそ、次々と受け入れがたい仕打ちを与えてくる二人に、佳樹はついていけない。身体はともかく、心は動揺していた。

会社に向かうのは、そんな佳樹の数少ない、平穏な日常を感じさせる行動だ。ちゃんと普通の人と同じことができている。そのことが、混乱している佳樹の心を救っていた。

同僚たちが以前よりも馴れ馴れしくなったり、妙な目つきで見てきたりすることはあったが、それには気づかないフリをして、やり過ごす。

会社で恥ずかしい真似をもう二度と許さなければ、同僚たちの態度もそのうちに以前のものに戻るだろう。きっと。

英一や季之のあんなふるまいを承知した、佳樹が悪かったのだ。

そうして日々をやり過ごしながら、その日、佳樹は少し遅い時間に営業先から帰社した。新規事業所開設のための事務用品一式売却を請け負ったのだが、その打ち合わせが長引いたのだ。

七時少し過ぎた時間に会社ビルに入り、佳樹は小さく息をついた。これから打ち合わせ結果の取りまとめをし、見積もりをまとめ――さて、帰宅は何時になるか。他にも、不在にしていた間に溜まった仕事の処理もある。九時、いや十時くらいまではかかるだろうか。

久しぶりに遅くまで残業になりそうで、それが面倒でありつつ、帰宅が遅れることへのホッとした思いも、佳樹の中にあった。

帰宅が遅いことを理由に、今夜はなにもせずに寝られるといいのだが。

そんなことを願いつつ、業務フロアへとエレベーターで上がる。

佳樹の課があるフロアで降りると、フロアはまだ明るかった。七時くらいなら、たいていそうだ。とはいえ、帰宅した人間も多く、フロアは閑散としている。

デスクに鞄を置き、コーヒーでも淹れようかと、佳樹は給湯室に向かった。

と、話し声がした。給湯室に何人かいるらしい。

「マ・ジ・で!?」

ドッと笑い声が上がり、知った声が聞こえる。佳樹の斜め前の席の同僚だ。それから、佳樹の隣に席がある丹沢の冗談めいた声が続く。

「いやぁ、でも。俺も高山だったらあるな」

「だよな?」

別の同僚の声も続く。なんの話をしているのだろう。佳樹がなんだというのだ。

自分についての会話に、佳樹の足がつい止まる。なにか悪いことを言われているのでなければいいのだが。

「なんか最近、妙に色っぽいんだよな、あいつ」

別の部署の男が、しみじみした口調で言った。佳樹はドキリとした。

——色っぽい……。

佳樹にとって、それはいい言葉ではない。

「あー、わかる。彼女でもできたのか？　前はそんなじゃなかったよな」

「ってことは、年上の彼女だな。手取り足取り、こう、教えてくれるような」

「うおぉ、羨ましい。俺も、メチャ色っぽいお姉さんにいろいろ教えてもらいたい！」

口々に言う同僚に、佳樹はある意味胸を撫で下ろす。佳樹に恋人が——それも、女性の恋人ができたと噂（うわさ）されるのなら、大丈夫だ。変な勘繰りをされているわけではない。

いっそのこと、年上の女性の恋人がいると偽装したらうまくいくかもしれない。そうしたら妙な方向性には……と考えたかけた佳樹の思考を突き刺すように、丹沢が穿った意見を述べる。

「高山のあれは、本当に年上の彼女のせいかな」

「なんだよ。男が急に色気づくなんて、女以外にないだろ」

「でもなぁ、社内の『抱けるランキング』に高山の名が挙がるってさ、案外、高山の彼女……ってか、彼氏かもしれないぜ。最近多いみたいだし」

丹沢の鋭い見立てに、佳樹の身体は凍りついた。耳鳴りのように鼓動が響く。

丹沢の言葉に、笑い声が上がった。

「彼氏？　高山にかぁ？」

「いくらなんでも、こんな身近にいるか？」

「ってか、高山なら抱ける気がする派はホモかよ、ははは」

ホモは無理などと、言い出しっぺの丹沢も笑っている。

そのうちに、そろそろ帰るかと誰かが言った。

佳樹は慌てて、近くのトイレに逃げた。個室に入り、鍵をかける。心臓がバクバクと音を立てていた。

――彼氏……。

話の流れを必死に思い起こす。別に、佳樹に男の恋人がいると、断定されたわけではない。英一と季之の存在がばれたわけでもない。

――冗談だよ。冗談で言っていただけだ。

そう己に言い聞かせるが、鼓動の速さは変わらない。

――『抱けるランキング』に高山の名が挙がる。

――高山だったらあるな。

丹沢を始めとする同僚たちが、佳樹のことをそんなふうに見ていたなんて、この先、どんな顔をして彼らと話したらいい。

――し、知らないフリ、しないと。

あんな話は聞いていない。同僚たちに『抱ける』だなんて思われていない。

でも、でも、でも、皆にあんなふうに思われていたなんて！

ブルリと震え、佳樹は自分で自分を抱きしめた。

社内で、あんなことをさせた英一と季之が悪いのだ。二人があんなことをさせなかったら、同僚たちに『抱ける』だなんて目で見られることだってなかった。

二人のせいだ。二人の……。

佳樹はうずくまり、震え続けた。

§八

朝、佳樹は念入りにシャワーを浴びる。以前はこんな習慣などなかったのだが、マンションで英一や季之と暮らすようになって、連日のように抱かれているため、身についた習慣だった。

特に、ここ数日はしつこいくらいに情事の痕跡を確認している。

「ちくしょ……っ、こんな際どいところ」

行為のあとは綺麗にしてから休んでいるのだが、朦朧としていることが多いため、きちんとした確認はだいたい朝のシャワー時だ。

今日は、首筋から肩のギリギリのところに、キスマークをつけられていた。しっかりとネクタイを締めていれば見えないが、油断してゆるめたら際どい場所だ。

それ以外にも、執拗に吸われたり、噛まれたりした胸はうっすらと赤く色づいたままだったし、性器の周辺にもキスの痕がついている。陰毛がないため、くっきりと見えた。

脚を開けば、腿の内側の肌が薄い部分にもあるだろうし、二の腕の内側にも、吸われた痕が残っていた。

鏡でなければ見えない背中、腰のあたりもキスされた記憶があるから、キスマークをつけられているかもしれない。

佳樹の身体のあちこちに、二人の男の所有の痕跡が濃厚に残されていた。

しかも、その痕跡に触れると、肉奥がジンと疼く。赤く腫れたままの胸になど指が当たれば――。

「ぁ……」

腰が砕けそうになり、佳樹は慌てて浴室の壁に縋った。念のために絆創膏を貼ったほうがいいかもしれない。昨夜は特に、二人が乳首を責めるのが長く、シャツに擦れただけでまずい声が出てしまいそうだった。

佳樹は唇を噛みしめる。こんな身体にした二人が恨めしかった。

しっかりと身体を拭いてから、佳樹は絆創膏を取りに、リビングダイニングへ行った。腰にタオルを巻いただけの佳樹に、季之が舐めるような視線を送る。

佳樹がなにをしたいのかすでにわかっているのだろう。新聞を読みながら、英一が鼻を鳴らす。

「そのままシャツを着て、感じたか。乳首が勃っている」

その指摘に、佳樹の頬がカッと紅潮する。つい、英一を睨んだ。

「だっ……誰のせいですか！」

「俺たちのせいだよね？　絆創膏なんか貼るなよ、佳樹」

後ろから佳樹を抱きしめ、季之がキュッと乳首を摘まんでくる。とたんに、佳樹の腰がフラッとよろめいた。

「さ……わらないでっ……んっ」

「朝から敏感だなぁ、佳樹。可愛い」

「やめ、て……ふ」

片手で佳樹の乳首を転がし、もう片方の手で腰のタオルを、季之が払う。

「……やっ」

ピクンピクンと反応し始めている果実が、季之と英一の視線に晒された。

「朝から元気だな」

新聞からチラリと視線を送り、英一が佳樹の痴態を確認する。

季之は乳首だけの刺激で、佳樹の果実が勃っていく様に喉の奥で笑っていた。

「こんなに敏感な身体で会社に行って、大丈夫？」

「や……だ、離し、て……あぁ」

乳首を軽く引っ張られながら、首筋にキスを落とされる。痛みと快感が下腹部をさらに刺激し、佳樹の脚から力が抜けた。それを、季之がしっかりと支える。

英一が新聞を畳んだ。テーブルに置き、佳樹へと歩み寄る。

英一まで一緒になって、朝から佳樹を嬲りものにする気か。

佳樹は精一杯、近づく英一を睨んだ。

英一は歯牙にもかけない。佳樹に歩み寄ると、季之が腰を支えている佳樹の片脚を取り、椅子の背に膝を掛けるように広げさせた。

そうしてから、自身はテーブルに軽く腰かけるように佇む。腕を組み、無残に片脚を広げられた佳樹の痴態を鑑賞する目で見下ろす。

「今日は、部署の送別会があると言ったな。夜におまえで遊べない代わりに、今、恥ずかしいところを見せろ」

「乳首だけでイこうね、佳樹。英一さんがしっかり、見ていてくれるからいいよね？」

クスクス笑いながら、季之が摘まんだ乳首の先を指でやさしく撫でる。

「……くっ……ゃ」

佳樹はせめてもの抵抗に、首を左右に振った。せっかくシャワーで念入りに情事の痕跡を消したのに、またこんなことをされたら――しかも、朝からこんなことをされたら、台無しだ。

しかし、季之の意地悪な愛撫に、身体が昂る。英一の冷徹な眼差しに、腰が揺れる。

「ぃや……い、やだ……見ない、で……」

「どこをだ？　季之に弄られてはしたなく尖っている乳首か？　それとも、触れられもしないのに勃起してきたペニスか」

嬲る言葉に、またクンと果実が成長する。見られている自覚が肌を赤く染め、一番の性感帯に熱を集めた。

「恥ずかしい奴め。どんどんペニスが硬くなっているじゃないか」

「乳首もコリコリして、すっかり具合がよくなったよね。可愛い」

「ぁ……い、やぁ……っ」

英一が、季之が、口々に佳樹を辱める。腰がいやらしく揺れた。突き上げるような動きに、季之が楽しげに、英一が嘲るように笑声を洩らす。

イきたくない。いやだ。

腰がブルリと震え、果実から蜜が滲みだす。性器に直接触れられない分、長く喘がされ、佳樹は時間ギリギリまで二人に玩具にされ続けた。

結局、出勤途中に絆創膏を購入して、佳樹は駅のトイレで慌ただしく、恥ずかしく疼く胸に絆創膏を貼った。それまでのシャツに擦れる刺激で、瞳は甘く濡れていた。

「乾杯！」

終業後の洒落たエスニックの店で、佳樹たちはグラスを掲げた。

課長や課長補佐、営業職の男性、女性、事務職の女性など、総勢十数人のグループだ。

主賓は事務職の女性で、今時珍しく結婚退職のための送別会だった。結婚する相手が東京から地方へ転勤するのを機会にプロポーズしたため、彼女も退職することになったのだった。

「地方とはいっても政令指定都市なので、頑張って仕事を見つけますよ。子供ができるまでは貯蓄期間なんで」

なかなかしっかりしたことを言う彼女に、同僚女性たちが頷く。

「そうよね。ここで貯めておかないと、子供ができてからがきついものね」

「子供にもお金がかかるし､家のこともあるしねー」

「賃貸か持ち家か。悩むわよね」

などと言いながら、女性たちは楽しそうだ。いろいろあっても、やはり結婚話には気分が上がるのだろう。

佳樹は羨ましかった。英一や季之に出会う前なら、佳樹の人生にもあった未来だ。

金銭的には、二人の男は佳樹には想像もできないセレブだが、将来は暗闇だ。今でこそ、英一も季之も佳樹に執着しているが、先はわからない。飽きることだってあるだろうし、二人が飽きる前に佳樹のほうがどうかなる可能性だって少なくない。

今でも相当、ついていけないのだ。

ただ、会社という日常を感じる場があるから、なんとか正気を保っている。自分にもまだ、普通の日常があると思っていられる。

　今の佳樹には、それが大切だった。

　一次会では、女性勢の選んだエスニックに舌鼓を打ち、二次会は気楽な居酒屋に移る。佳樹たちの部署では、女性はそれほどアルコールを好まず、一次会のあとは女性だけでカフェに移動し、男性陣は居酒屋に行くのが定番だった。

　女性の目がなくなったせいか、アルコールのピッチが上がる。顔が赤らみ、だいぶ陽気になった同僚が増える中、佳樹は酒のフワフワした気分を感じつつ、芯から酔えない自分を自覚していた。

　酔って、失言を警戒し、酒を加減しているわけではない。ただ、以前のように気楽に酔えないだけだ。

　もっと危険なものに、もうずっと佳樹は酔わされている。

　同僚たちと笑いながらも、ふとした瞬間に英一と季之の姿が脳裏に浮かび、背筋を不埒な感覚が伝い上がる。

　そんな自分にゾッとした。こうして少しずつ、日常部分に英一と季之が侵食していくようで、逃げたくなる。

　――本気で逃げようともしないくせに。

　自嘲し、佳樹は気分を変えるために席を立った。トイレに行き、冷たい水で顔でも洗えば、さっぱりするだろう。

　混み合った居酒屋のフロアを通り抜け、狭い廊下の奥のトイレスペースに向かう。

　運良く人がいないことにホッとしながら、佳樹は洗面台の蛇口レバーを上げた。冷えた水で手を洗い、それから、顔に水をかける。

　トイレスペースのドアが開く音がした。誰かが入ってきたのだろうが、個室がふたつ、小水スペースも三つある。ただ、広くはないから、佳樹は通るのに邪魔にならないよう、洗面台に身体を寄せる。

　しかし、その背中から首筋に、熱い息がかかった。

「高山、このあと、二人で抜けないか？　いいバーを知ってるんだ」

丹沢だった。腰に腕を回され、佳樹の身体がわずかに強張る。

「た、丹沢さん……バー、ですか」

やけに密着してくる丹沢に、声が上擦る。なんとか落ち着こうと、佳樹は意味なく丹沢の言葉を繰り返した。

「そ、二人で。いいだろう？」

そう言いながら、なぜか丹沢が腰をグリグリと押しつけてくる。

――妙な想像をするな。

そう自分に言い聞かせるが、男が男になにができるかすでに充分知っている佳樹は、丹沢の酔った行為が怖い。なんの意図もないはずなのに、怯えが走った。

丹沢が酔った笑いを洩らす。

「なんだよ。飲み会でまで、こんなきっちりネクタイすることないだろ。気楽にしろよ、高山」

笑いながら、背後からネクタイをゆるめようとしてくる。佳樹は慌てて、丹沢から離れようとした。ネクタイをゆるめられたら、ワイシャツのボタンをはずされたら、首のつけ根につけられたキスの痕が見られてしまう。

「や、やめてください。気楽にしてますから……！」

「なんだよ、お堅いなぁ。毎晩、セクシーなお姉ちゃんに可愛がってもらってるんだろ？　すっかり色気づきやがって」

「い、色気って……そんな、オレは」

お姉ちゃんという言葉に半ばホッとしながら、佳樹は丹沢と向き直る体勢に位置を変える。

酔って、赤みを帯びた目で、丹沢はニヤリと笑った。

「嘘つけ。触れなば落ちんって色気で、俺たちを誘ってきやがって。知ってるか？　おまえ、『抱いてもいいランキング』で名前が挙がったんだぞ。飯田も、黒金（くろがね）も、おまえなら抱けるってよ、はは」

「だ、抱けるって……」

盗み聞いて知っていたとはいえ、面と向かって言われ、佳樹は青褪める。

こんな話は続けたくない。佳樹はなんとか、丹沢から離れ、トイレスペースを出ようとした。

しかし、丹沢の太い腕が、佳樹を逃がさない。それどころか、再度抱き寄せられた。

「いい匂いだなぁ、高山。なあ、ホントのところ、おまえ、お姉ちゃんじゃなくて、お兄さんに可愛がられてるんじゃないか？　腰つきとか、エロすぎ」

「ち、違いますよ、丹沢さん。な、なに言って……ひっ」

押しつけられた丹沢の下腹部に、佳樹から裏返った悲鳴が上がった。丹沢のそこが、男なら誰でもわかる反応を示していたからだ。硬く、膨らんで。

丹沢がニンマリと笑った。

「その反応。なあ、やっぱりおまえ、女じゃなくて、男を知ったんだろう。男に抱かれて、そんなに色っぽくなったんだろ。俺にも一発ヤらせろよ。前からおまえにムラムラきてたんだ。いいだろ？」

「や、やめ……て、ください。離して……っ」

「いいから来いって」

言いながら興奮したのか、丹沢が佳樹を個室に引きずる。連れ込まれたら、なにをされるかわからない。

佳樹は必死に抵抗した。しかし、外から人の声がし、それに気を取られた一瞬に、引きずり込まれる。

個室のドアが閉められてすぐ、トイレスペースのドアが開かれた。酔った鼻歌を歌いながら、誰かが小用を足しに入ってくる。続いて、また別の酔客が。

「——声を出すなよ」

どうしようと動転している佳樹の口を、丹沢の大きな手が塞いだ。耳に恫喝（どうかつ）を囁かれる。

「……っ、ゃめ」

「ばれたら、恥をかくのはおまえだ」

言いながら、丹沢が佳樹の口を塞いだのとは別の手で、佳樹の身体をまさぐり始めた。股間を弄り、スラックスのジッパーを下げる。

ちょうど、入れ替わり立ち替わり、小用を足す人間が増えるタイミングだったのか、個室の外から人の話し声や気配が絶えない。

——どうしよう。いやだ。

こんな中で声を上げたら、助かるだろうが、同時にどう誤解されるかわからない。襲われた佳樹に問題があるのではと勘繰られ、そこから英一や季之との関係まで知られたら、どうしたらよいか。

——ホモじゃないけど……ホモじゃないけど、オレ……ホモだって思われる。その上変態的行為まで知られたら、オレ……。

「すごいな、おまえ。ここ……パイパンにしてるのかよ。おまえの男の趣味か?」

「ゃ……やめ、て……」

あまりの出来事にパニックになっている間に、丹沢の手が佳樹の下腹部に侵入していた。陰毛のない下腹部を知られ、佳樹の頭は真っ白になる。

どうしよう。こんな変態的な処置を同僚に知られるなんて、どうしたらいい。

佳樹の動揺にかまわず、丹沢は無毛の下肢を撫でまわす。性器を握り、扱いて、息を荒げていた。佳樹の尻に当たる股間も、熱が集まっている。

だが、直接的な刺激にも、佳樹は反応しない。無毛の陰部を知られたショックと、二人の主人——いや、恋人以外の男に触れられた嫌悪感でいっぱいで、佳樹のそこはまったく反応しなかった。

下肢をまさぐっていた丹沢が、小さく舌打ちした。

「なんだよ。俺じゃあ、その気になれないってか?」

苛立たしげに吐き捨て、今度はワイシャツの裾から中に手を這い上がらせてきた。胸でも触ろうというのか。真っ平らな男の胸なのに。

しかし、その手が止まる。

「こんなところに、なに貼ってんだよ」

ハッと、佳樹は青褪めた。胸には、絆創膏を貼っている。昨夜、英一と季之に嬲られて過敏になりすぎ、朝も弄られて、それで。

ワイシャツを肌着ごと捲り上げられた。そうして現れたそれに、丹沢が目を見開く。

「なんでそんなとこ、絆創膏なんて貼ってるんだ?」

そうして、無造作に絆創膏を剝がされた。

「……ゃっ」

声を上げかけ、しかし、外の人の気配に呑み込む。ばれたら……。

「へぇ……」

丹沢の囁きが、喜悦に歪んだ。佳樹を個室の壁に押しつけ、しげしげと乳首を見つめる。佳樹のそれは、一日絆創膏で保護していたのに、まだ赤く腫れ、ツンと尖っていた。

キスするほどに顔を近づけ、丹沢が囁く。

「これ、ただの乳首じゃないよな? どんだけ可愛がられているんだ。男相手でも、乳首、弄るんだな」

ニヤリと笑い、顔が胸へと下がる。逃げようとしたが背中は壁で、佳樹は逃げられない。

赤く尖った胸の粒を、丹沢の唇が挟んだ。チュッと吸い上げられる。

佳樹は身を竦めた。季之や英一からされたのとは違う、怖気が背筋を這い上がる。朝はあれだけ快感に喘いだのに、丹沢にされるそれはただおぞましさしかなかった。

それは、丹沢も気づいたようだった。股間に触れた手が、熱を感じなかったからだ。

「なんだよ。これだけ乳首を可愛がられているくせに、感じないのかよ」

不満そうに囁かれる。

感じるわけがない。佳樹は必死で、身を捩った。

と、腕が個室の壁に当たり、大きな音が出る。外から、「大丈夫ですか?」と声がかかった。丹沢がとっさに佳樹の口を塞ぎ、声を返す。

「大丈夫だ。ちょっとよろめいただけだ」

「ははは、飲みすぎに気をつけろよ」

誰だか知らない相手だが、居酒屋という場所柄そんなことを言って、出ていく。

それを最後に、トイレスペースは無人になった。

佳樹は丹沢を突き飛ばし、個室から逃れた。丹沢が舌打ちし、また佳樹を引き込もうとする。

「やめてくださいっ！　丹沢さん、酔いすぎです！」

丹沢を牽制しながら、手早く着衣を整える。はだけられたワイシャツを中に入れ、スラックスのジッパーを上げる。ネクタイを締め直して警戒する佳樹に、丹沢が吐き捨てる。

「首筋にキスマークまでつけて、なにがいやだよ。どうせ、男にヤらせているんだろうが」

「へ、変な誤解はしないでください。と、とにかく、丹沢さん、酔いすぎです」

なんとか、酔ったせいにしてしまいたい。丹沢の顔は酒で真っ赤だったから、あながち佳樹の願望ではないはずだ。

緊張を孕んだ無人の時間は、長くは続かなかった。丹沢がなにかしようとするより先に、またトイレスペースに男が入ってくる。

「……お？」

違和感を覚えたのか、男が首を傾げながら丹沢を、佳樹を見やる。邪魔されたことに舌打ちする丹沢を横目に、佳樹は震える足を叱咤しながら逃げ出した。

その背を、丹沢が追いかけてくる。ただ、人目があるため、これ以上なにか仕掛けることはなかった。ひと言吐き捨てる以外には。

「男にヤられたくて、毎日潤んだ目で俺たちを見ているくせに、カマトトぶりやがって」

そのあとは笑いながら、丹沢は集団に戻っていく。佳樹は廊下で凍りついていた。

——潤んだ目で俺たちを見ているくせに。

そんな顔を、自分はしていたのだろうか。丹沢を誤解させるような顔を、していたのだろうか。

だから、社内の『抱いてもいいランキング』などに佳樹の名が挙がるような羽目になったのか。

――フェロモンが出ている。

――だから、痴漢を誘うんだよ？

英一、季之の言葉が頭に浮かんでは消えていく。

毎日、懸命に出社していたが、痴漢は治まらなかった。社内で、ふとした時に同僚に顔を赤らめられた時もあったし、丹沢の粘ついた視線も……気づいていた。

――オレ……オレが、男を……誘って、る……？

よろめき、立っていられなくなり、佳樹は壁に縋る。

かつての佳樹は女性にもてなかったが、男性にはもっともてるようなことはなかった。変な興味の対象にもならなかったし、色気があるなどと言われたこともなかった。

――あの二人が……。

佳樹も知らなかった佳樹を暴き出した。それは、知りたくなかった佳樹だった。

よろめきながら、佳樹は居酒屋から出た。真っ青な顔色で「帰る」と告げた佳樹に、部署の皆は「大丈夫か」と声をかけてきたが、それにろくに応えられないまま、鞄を回収して出ていく。丹沢の顔は見られなかった。怖ろしかった。

心が、今にもくずおれそうだった。


できるだけ人の少ない車両で、身を縮めるようにして隅の席に座る。

それでも、舐めるような視線が、幾人かの男たちから向けられた。逆に、気まずげに目線を逸らす者もいる。

反応は真逆でも、佳樹になにかを感じているのは同じだった。

――オレは……男を誘ってなんて……いない。

言い聞かせる内心の呟きは、力ない。酔っていたとはいえ、同僚の丹沢にあんな行為に及ばれた事実は、佳樹を打ちのめしていた。

一刻も早く、他人の目のない場所に行きたい。佳樹の逃げ場は、厭うべきマンションしかなかった。

人を避けるように、電車を降り、マンションへと急ぐ。

時刻はもう十一時近かった。大通りから住宅街であるマンション近辺に至ると、さすがに人通りはほとんどない。

だが、まだ安心はできない。丹沢に襲われた恐怖は、佳樹の中に濃厚に残ったままだった。

人の気配を警戒しながら、佳樹はエレベーターに乗る。そうして、最上階の自室のドアを開けて、ようやく深い息をついた。

玄関のドアを閉め、そのままズルズルと座り込んでしまう。自分で自分を抱きしめ、俯いた。

明日、どんな顔をして出社したらいいのか。丹沢はどういう態度を取るだろう。

彼は、佳樹のすぐ隣の席だった。出社すれば毎日、挨拶から簡単な会話はあったし、仕事上でも無関係ではない。

なにもなかったような態度を取られるか。それともまた——。

「どうした、佳樹。送別会で飲みすぎたのか」

少し温度の低い、英一の声が頭上から降ってきた。ビクリとして、佳樹は全身を震わせる。

顔を上げなくても、笑っているとわかる季之の気配もした。

「ちょっとスーツも乱れているよね。なにか、あった?」

楽しそうだ。

佳樹の頭に、カッと血が上がった。

「そんなに! そんなに、オレになにかあったら、嬉しいのかよっ」

いきなりの佳樹の激昂に、季之が降参とでもいうように、両手を上げる。ただし、佳樹を嬲る口は減らない。

「怒るなよ、佳樹。図星をついちゃったかな?」

「酔った同僚にでも襲われたか」

どこまでも冷淡な英一の態度に、佳樹は込み上げる怒りをコントロールできない。

怒りのままに立ち上がり、二人をなじった。

「誰のせいで、こんなことになったと思ってるんだよ！　オレは……オレはっ、ノーマルな男で！　ずっと、ノーマルな男でっ……同性となんて……！　なのに、あんたたちのせいで、オレ……オレ、こんなことになって！　なんで笑ってるんだよっ」

「へぇ……本当に襲われたんだ」

口元に笑みを刷きながら、季之が目を細める。佳樹の怒りなど歯牙にもかけず、それよりも『襲われた』というところを気にしているようだった。

それは英一も同様のようで、佳樹の腕を取る。もう片方は、季之に取られた。

話が通じない。いつもそうだ。佳樹の訴えを、二人はまともには聞いてくれない。

誰のせいで、こんな目に遭ったと思っているのだ。

「誰に、どんなふうに襲われたのか、詳しく話を聞こう」

「そうじゃなくて、オレは……っ」

腕を引く英一に、佳樹は声を荒げる。振り払おうとするが、それを許さないと、英一が佳樹の腰に腕を回す。季之が肩を抱く。

「離し、てっ」

「まずは、どこまで襲われたか、確認が必要だよね？」

「どこで襲われた。スーツはどこまで脱がされた？」

「どこを触られちゃった？　ペニスは弄られたかなぁ。それとも」

そこで一旦、言葉を切り、季之が佳樹の腕から手を離すと、寝室のドアを開けた。

佳樹は足に力を入れて拒むが、二人の男に寝室へと引きずり込まれる。

「……いやだっ！」

突き飛ばされるように、広いベッドに転がされた。

俯せに倒された身体を慌てて回転させ、佳樹はなんとか二人から逃げようとする。

だが、仰向けに体勢を変えたところで、佳樹を威圧するように佇む英一と季之から、どう逃げられるというのか。

悔しくて、佳樹は二人を睨んだ。

もっとも、佳樹に睨まれたところで、二人はなんの痛痒も感じない。それどころか、反抗の意思を示す佳樹を、ベッドに片脚を乗せた季之が簡単に拘束し、英一が佳樹のネクタイに指をかけてくる。

「やめろ……っ。オレが……オレが、襲われたところで、あ、あなたたちにはどうでもいいことじゃないか！　オレが襲われるのが楽しいんだろうっ」

だからこそ、佳樹の肉体を二人の好みに躾け、最近では痴漢に頻繁に遭うことにもニヤニヤしていたのだろう。

英一に、ネクタイを抜かれる。その口元は、どこか苦々しかった。

「楽しんではいない。だから、会社を辞めろと言っていた」

「辞めろって……そんなこと、できるわけない。オレに、あなたたちの完全な奴隷になれって言うのか……やめろっ。いやだ！」

ワイシャツのボタンをはずされる。はだけたワイシャツごと、背後を取った季之が佳樹からジャケットと一緒に剝ぎ取っていく。肌着を、英一が捲り上げ、佳樹は身を捩った。

「……絆創膏が片方、剝がれているな。出社途中で絆創膏を貼ったのだろうが、おまえが貼るなら両方だ。そのうちの片方が剝がれているということは」

英一が吐き捨てるように言う。なにがそんなに不愉快なのだ。佳樹がこうなるよう仕向けたくせに。

「乳首、弄られた？　それとも、舐められちゃった？」

いつもは朗らかな季之の声にも、どこか押し殺した怒りを感じる。

なぜ、怒る。

二人がかりで、肌着を剝ぎ取られたあと、英一がやや乱暴に、佳樹のスラックスのベルトをゆるめ、前を寛げていった。

「犯されていないか、確認も必要だな」

「そ、そこまでなんて、されてない！」

佳樹は慌てて、声を上げた。襲われたのは事実だが、本当にまずいことをされる前に逃げられた。

それよりも、佳樹が二人に訴えたいのは、二人が佳樹に淫らなふるまいを強いなければ、少なくとも日常の中で不特定多数の男の目を惹くなにかを発さないでいられるのではないか、という点だ。

そして、こうなった結果については英一と季之の責任が大きく、佳樹が責められる謂れはない。

英一が片眉を上げる。

「どこまでされた」

「そういうことじゃなくて……！　誰のせいでこんな目にっ」

「佳樹のせいだよね？」

訴える佳樹に被せるように、季之が言い放つ。晒された、絆創膏の取られたほうの胸に指を這わせ、罰するように摘まれた。

佳樹の顎が上がる。痛みと……佳樹の身体が許す相手、季之が触れたゆえの快美に。

「んっ……なんで、オレの……せい」

「エロくなった佳樹を、俺たちは止めたよね？　それを拒んで会社に行き続けたのは、佳樹だよ。ほら、佳樹のせいだ」

乳首を弄りながら、季之が佳樹の首筋に吸いつく。チュッと吸われ、佳樹の肌が悦びに粟立った。

季之だけではない。季之の行為に気を取られている間に、英一の手で、こちらは下着ごとスラックスを脱がされる。

「イッた様子はないな」

「そこは合格だよね、英一さん。佳樹ってば、俺たち以外には反応しないから」

二人して会話しながら、佳樹の抵抗など無視した様子で、季之が佳樹を拘束し、英一がもがく佳樹の足首を摑む。

「いやだぁぁぁ……っ！」

強引に、英一が佳樹の両脚を恥ずかしいほどに広げた。折り曲げさせられた膝が胸につくほどのそれに、佳樹の尻は軽く浮き上がり、性器どころか後孔まで、二人の視線に晒される。

「ふぅん、アナルまでは弄られていないみたいだね」

「ひくついているが、犯されてはいない」

「ふふ、ひくついているのは、俺たちにこんなことをされているからじゃないの、英一さん」

佳樹の反応に気をよくしたのか、季之が含み笑いながら英一に言う。英一はまだ納得しがたいように鼻を鳴らしていた。

「尻穴は大丈夫なようだが、性器はどうか」

「乳首は弄られたよね？　絆創膏が片方だけ剝がれているし。ね、佳樹。誰にされたの？」

背後から、またチュッと首筋を吸い上げ、季之が佳樹を問いつめる。

前方では英一が、佳樹の片方の脚を自身の肩に乗せ、空いた手で性器に触れてきた。無造作に触れ、ゆるく扱く。

「どこで、誰に、どこまでされた」

そうして、扱いて快感を与えた果実に、ギュッと握る手を強くすることで痛みを与える。

「ひぅ……っ！」

たまらず、佳樹は背中を仰け反らせた。生理的な涙が滲む。

佳樹は悪くない。悪くないのに、どうしてこんなことをされないといけない。

「オレの……せいじゃない……っ」

しかし、英一は赦さない。きつく、佳樹の果実を握ったまま、佳樹の心を痛めつける。

「いいや、おまえのせいだ。こんなに男を誘う身体で、どうして周囲の男が惑わされずにいられる。おまえが、男を誘ったんだ」

「違……っ、ひぃっ！」

痛い。ひどい。痛い。悪いのは、佳樹じゃない。佳樹は男なんて誘っていない。

勝手に襲ってきたのは、相手のほうではないか。溜まった涙が、眦から零れ落ちる。佳樹はしゃくり上げ、己の無実を訴えた。

「オレは……オレはなにも……なにも、してない。丹沢さんが……丹沢さんが勝手に……」

「丹沢というのは誰だ？」

多少答えたことを褒めるように、性器を握りしめた英一の指が、ソロリと果実の先端を撫でてくれる。痛みの中の柔い刺激に、佳樹の下肢がジンと蕩けた。反発の意思はあるのに、口が開く。

「と、隣の席の……先輩……んっ」

「送別会で、先輩に襲われちゃったんだ」

季之が、摘んだ乳首を指の腹で軽く転がす。そこからもまた、新たな快感が送られる。

佳樹はコクコクと頷いた。

「も……離し、て……」

「送別会の、どこで襲われたの？」

季之がやさしく問いかける。英一の指が、ツッと果実の幹を辿り上げる。

二人のなだめるような動きに、佳樹の口が開く。

「二次会の……トイレ……」

そこでハッと、ばれてしまった恥辱を思い出す。

「丹沢さんに……下の毛がないって……知られてしまった……」

「——つまり、ここを触らせたのだな」

「ひぃっ！」

またきつく果実を握りしめられ、佳樹から悲痛な悲鳴が上がった。

「い、痛いっ……痛い、ゆ、赦して……っ！」

「無防備なのに、強情を張って、会社を辞めないからだ」

また英一が、佳樹が悪いと責める。

痛みの中、佳樹は必死に首を左右に振って、訴えた。佳樹は悪くない。悪いのは――。

「オレ……オレ……男、誘って……ない！　皆が勝手に……あぁっ！」

「英一さん。それ以上やったら、佳樹のそこが使いものにならなくなってしまうよ？」

季之のため息交じりの指摘に、英一の手がゆるむ。

佳樹はホッと、身体の力を抜いた。痛みの抜けた性器が、ジンジンと熱かった。涙がポロポロと零れた。

その涙を、季之が背後から吸う。やさしく、けれど、佳樹を責める。

「俺たちが見つけた時、たしかに佳樹はどこにでもいる普通の男だったよね？　でも、人間いつまでも同じというわけにはいかないんだよ。今の佳樹は……とても魅力的だ」

「違う……違う……オレ……」

「認めないと、また同じ目に遭うよ？　ああ、もう何度もいやな目に遭ってるんだっけ。毎朝、ね？」

そうして、耳朶に淫靡に囁く。

「ねえ、痴漢はどんなふうに佳樹に触ってる？　スーツの上から？　それとも図々しく、中にまで手を入れているのかな。毎朝狙われるって、普通の男にはない経験だよねぇ」

「違う……違う……あなたたちが、オレに会社で……あんなことさせなかったら……」

佳樹が電車で毎日痴漢に遭うようになったのは、二人に会社での行為を強いられてからだ。カメラ越しに二人に見つめられながら、社内で――同僚たちのいる中で遂情し、震えるような快感を味わわされた。

周囲が変わったのは、あの日からだ。

それなのに、そう訴える佳樹を季之は嘲笑う。英一は冷笑する。

「自分たちのものを、美味しい匂いのする身体に育てたところで、なにが悪い。おまえの持つ、辱めたくなる素質をより開花させただけだ。関係を続けるのに、必要なことだろう」

「そんな……オレは……望んで、ない……今でも充分……ひどいことになっているのに……」

当然のごとく言い放つ英一に、佳樹は反論する。開花だなんて……もう充分、二人のせいで佳樹自身も知らない佳樹に変えられている。これ以上なんて、どこまで佳樹を引きずり堕とすつもりだ。

佳樹の反論を、季之が背後で笑う。

「まだまだ、もっと、佳樹は恥ずかしい、ど……恋人になれるよ」

奴隷と言いかけたのを、恋人と言い直したのがわかる。季之の中で、自分はやはり奴隷なのだ。

英一はどうなのか。佳樹は、目の前の怜悧な男を、睨(ね)めつけた。

英一はフッと、鼻を鳴らす。

「言葉にこだわるのは、おまえの悪い癖だ。どういう言い方をしようが、おまえがわたしたちにとって、得がたい存在であることに変わりはない。おまえにとっても、違うか？　どうせ、わたしたち以外にはもう肉体が反応しないだろう」

当然のごとく言い放たれ、佳樹の目に涙が滲んだ。わかっている。今夜の丹沢からの仕打ちにも、連日の痴漢からの行為にも、佳樹の身体は嫌悪しか感じない。

反して、英一と季之からされれば、それがどんなにむごい行為であっても、肉欲が刺激される。

奴隷と言おうが、恋人と言おうが、その事実は同じだった。彼らの嗜好に適うという意味で、佳樹を大切にしてくれることもたしかだろう。

だが、そうじゃない。佳樹が言いたいのは、そういうことではない。

——なら、なんて……？

自分はなにを、英一と季之に求めているのだろう。佳樹だって、二人のことをどう思っているのかわからないのに。

「身体だけ……じゃないか」

「その身体の相性が、なにより合致しているのに？」

それのなにが不満なのだと、英一が片眉を上げる。

季之が、佳樹の惑いをなだめるように、背後から抱きしめてくる。

「佳樹は最高の、恋人だよ？　今までで最高に、俺たちと相性が合う。だから、そろそろもっと……関係を深めたいんだけどな。会社、辞めようよ」

「案じなくていい。面倒は見る。おまえはなにも心配せず、わたしたちの言うとおりにすればいい」

なんでもないことのように、英一が言う。英一がそう言うのなら、きっと本当に、面倒を見てくれるのだろうと思う。会社を辞める佳樹に、充分な保証をしてくれる。

その代わり、佳樹は二人の肉人形だ。もちろん佳樹も快感を得るだろうし、それは佳樹の人生にとって最高の悦楽でもあるだろう。

こんな性癖を自覚させられた佳樹が、二人以外に満足させられることは、きっとない。性的には。

しかし、それでいいのか？

「い……ゃ、だ……や……だ……」

佳樹の首が左右に触れた。まだ堕ちたくない。まだ、自分はまともな男だと思いたい。

苦笑が、背後の季之から聞こえた。英一がやや呆れたように、肩を竦める。

「しようがない奴だ。では、おまえがどんな人間なのか、教えてやらなければいけないな。まずは、丹沢とかいう同僚を、どうやって誘惑したか、だ」

「誘惑なんて、してない……っ」

佳樹は声を上げる。だが、背後から季之が改めて、佳樹を拘束してくる。

「ねぇ、乳首にどうやって触れられた？　教えて、佳樹。こんなふうに摘まれた？　それとも……」

「こうして舐められた、か」

「……んぅっ、ゃ」

季之が摘まんだ胸の先を、英一がチロリと舐める。とたんに、痺れるような疼きが胸から下肢に響き、快感が背筋を這い上がる。

そんな佳樹の反応に、季之がクスクスと笑う。

「トイレの……まあ、個室じゃないとできないよね、こんなこと」

「佳樹たちが二次会に使うような場所なら、トイレにも頻繁に人が入るだろう。人の気配を感じながら、丹沢という男に身体を嬲らせるとはな」

「……ふ」

人の気配という言葉に、ゾクリと肌が粟立ち、摘ままれた胸の実がさらにツンと尖る。

佳樹がなにに反応したのか、英一も季之もわかるのだろう。二人して含み笑い、佳樹に対する辱めが始まる。

それは、あまりの快感に佳樹が意識を飛ばすまで、続けられた。厭わしいことに、二人に辱められることはまぎれもない快感であった。

§九

「――それじゃあね、佳樹。仕事、頑張れるといいね」

運転席から小さく手を振り、季之が佳樹を見送る。それを紅潮した頬で睨み、佳樹は背中を向けた。

会社まで車で送ってくれたのは、ありがたい。おかげで、連日悩まされていた痴漢行為を、今日は受けずにすんだ。

もっとも感謝するのは、送ってくれた季之へではなく、英一へ、だ。英一がそう勧めてくれなければ、車での送迎など実現しなかっただろう。

昨夜は丹沢の件をすべて告白するまで、二人に辱められた。告白させられるたびに佳樹は恥ずかしい反応を示し、英一と季之の欲情を煽った。

丹沢にはピクリとも反応しなかったのに、それを二人に告白するだけの行為には羞恥が高まり、二人を楽しませたくないのに楽しませ、佳樹自身も快感に呑まれた。

　しかも、同じ場所で、もし、英一と季之が相手であったらと囁かれ、さらに悦びは極まった。居酒屋のトイレスペースは、二人が佳樹を連れ込む同様の場所よりもずっと人気が多く、際どい場所であった。丹沢からの仕打ちも、いつ外で小用を足す人間にばれないかと、ひやひやしたことを思い出し、それが肉欲に変わった。

　最低であった。そして、淫欲に爛れた夜が明けた佳樹は、消耗していた。

　いつもどおり、頭をすっきりさせるためのシャワーを浴びたが、鏡に映る自分はいかにも気だるげで、裸身に散った二人の所有の痕は、見る者の情欲を刺激した。

　スーツを着れば見えないとしても、全身から漂う匂い立つような気だるさは、通勤電車に乗車するのを不安にさせる。

　いつも以上の痴漢に遭ったら……。

　こういう時、季之はおもしろがるだけだが、英一はやさしい。普段はけしてそうは見えないのに、ギリギリのところでは佳樹に救いの手を差し伸べてくれるやさしさがあった。

　今朝もそうだった。

　おかげで、佳樹は満員の電車に乗ることなく、出社できた。ただし、車内では痴漢でなく、季之に悪戯されてしまったが。

　片手で運転しながら、もう片方の手を佳樹の太腿に置き、内腿を撫で上げたり、股間に触れようとしたり……実際、触れたり、散々であった。

　吐き出す佳樹の呼気が、わずかに熱を孕んでいる。今朝、浴室で危惧した状態より、もっと他人の目を惹きつける状態になってはしないだろうか。

　社内には、丹沢もいる。昨夜、あんなことがあって、平静な態度を取れるだろうか。

　いや、取らなくては。

　佳樹は強く自身を鼓舞して、会社ビルに入っていった。

見送る季之の口元は、楽しげに歪んでいた。ハンドルにもたれかかり、笑いが込み上げる。

「ホント、強情だよなぁ」

だからこそ、季之たちが求める資質が残り続けているのだが、今回のような場合には邪魔にもなる。今までの玩具であれば、季之たちに捕獲された数ヶ月後には悦楽に堕ち、羞恥奴隷化して、とっくに『日常』から乖離している。

それが、一年半以上もの時が過ぎているのに、佳樹にはいまだしがみつく『日常』が残っている。

——でも、可哀想にね。

同情的な言葉を内心で呟きながら、季之の薄い虹彩の瞳は、喜悦に煌めいていた。

多少は佳樹の心情を慮るところがある英一と違い、季之は佳樹で楽しむことしか考えていない。

佳樹には知られないよう気を使っているが、佳樹以外の男女との遊びも、それなりに楽しんだままだ。

もっとも、佳樹を自分たちのマンションに引っ越しさせてからはご無沙汰しているが。

最高の羞恥奴隷と遊べるのに、二級品で暇潰しをする必要がどこにある、と思っている。

しかし、昨日は少しまずかった、と季之は自省する。佳樹の身体を同僚に触れられたことに、あんな不愉快な感情を覚えるとは思わなかった。

これでは、英一のことを笑えない。

季之はわずかに、眉間に皺を寄せる。最後までされたわけではないのだから、自分はなにを不快に思ったのか。

いや、最後までされたとしても、今までの季之ならば、笑ってその時のことを告白させ、それをネタに玩具にしていた。

それがどうして、と考えて、季之は理由を見出す。

「……ああ、そうか。今までの連中と違って、佳樹は俺たち以外には感じないんだった」

　あらぬ場所で淫らなことをされて感じる様を嬲る楽しみがあるから、他人にされてもおもしろいのだ。どこで、誰に、どんなことをされ、どう反応したか、それらを暴く過程でも淫らな反応を示すから、季之たちも楽しめる。

　しかし、佳樹は季之たち以外の男には——女であっても——身体が反応しない。いっそ不能なのではないかと思えるほど、なんの快感も示さないのだ。

　だから、そんな佳樹が他者に襲われたところで、事後の告白の楽しみは半減する。

　つまり、佳樹を他の人間に悪戯させるうま味がないから、昨日は不快を感じたのだろう。ヤらせ損、といったところだろうか。

「痴漢程度ならば、オロオロする姿が可愛いのだけどね」

　その様子を、離れた場所で見て楽しむこともできる。しかし、昨夜のように、場所の予測が難しい場合、カメラを仕込んで鑑賞する楽しみもない。

　それに、佳樹の抵抗も、怯えも、本気のそれになり、『可愛い』とは異なる。

　昨夜の自身の予期せぬ反応への一応の解釈が落ち着くと、季之は「そうだ」と顔を上げた。昨日の今日で、例の丹沢という男が佳樹にどういう態度を取るのか、佳樹がどうふるまうのか、見てやるべきだろう。

　幸い、会社で射精させた時に仕込んだあれこれは、まだ撤去していない。カメラ越しの佳樹を鑑賞するために押さえた部屋もそのままだ。佳樹の様子ではまだ簡単には会社を辞めないようだったし、そうなると、いつまた社内で淫行を強いる機会が訪れるか知れなかったからだ。せっかくの社内射精ショーのチャンスを逃すわけにはいかない。

　今回は社内射精ショーではないが、佳樹の様子を見るいい機会だ。

「よし。ちゃんと見てやろう」

佳樹の反応によっては、今夜の嬲るネタになる。あるいはもっと、おもしろいものが見られるかもしれない。互いにただ気まずい顔をしているだけならまだしも、丹沢という男が昨夜の己の行為をごまかすために、まったく別の行動を取る可能性もあった。

それが、佳樹をいっそう追い込むことに繋がれば——。

「佳樹の会社での様子を、英一さんも知りたいだろうし。ふふ、おもしろいことになるといいなぁ」

季之はエンジンをかけ、会社ビル近くの監視部屋として押さえたままのホテルへと車を発進させた。


エレベーターに乗る前に、佳樹は一階エントランスの洗面所に寄った。車を降りる寸前まで季之に悪戯され、腰に重く熱がこもっている。その熱を多少冷ましてから、出社したかった。

エントランス近くの洗面所は幸い空いており、佳樹はホッとして、個室に入った。

蓋をしたトイレに鞄を置き、熱を帯びた自身を抱きしめる。片手の甲で頬に触れると、紅潮しているのか、こちらもわずかに熱かった。

佳樹は唇を噛みしめた。こんな顔で、自部署フロアには行けない。隣席には丹沢もいるのだ。

昨夜の行為を思い出し、佳樹は渋い顔になった。まさか、丹沢があんな行動に出るとは思いもしなかった。ここのところ、粘ついた視線で佳樹を見ていると思っていたが、行動に及ぶなんて。

——あんなことをさせるから……。

社内で妙な目で見られたり、痴漢に遭ったり、『抱きたいランキング』などとふざけたものに名前が挙がったりしたのは、すべて英一と季之にあんな行為を強いられてからだ。

——みんなの前でイッて……オレ……。

それ以前から、後ろにローターやバイブを仕込まれ、耐えきれず、トイレで遂情に至ったりしている。

体内を責める快楽に気を取られていて考えもしなかったが、あの頃からきっと、佳樹からは爛れた空気が漂っていたに違いない。

それが臨界点を超えたのが、二人に流される形で、社内フロアで達してしまった時なのだろう。

ゾク、と下腹部が疼いた。あの時のとんでもない悦楽、ごく通常の日常の中で一人達してしまった脳髄を突き刺すような快感、それらが脳内で再生される。

誰も、佳樹の状態には気づかなかったが、だからこそ、あんなあってはならない場所で遂情した陶酔が、佳樹の神経を焼く。

「ダメだ……思い出すな……」

佳樹は必死に、追想を止めた。ただでさえ昂ぶった身体に、あの日の記憶は佳樹をより追い込むだけだ。

うずくまり、全身を固く強張らせて、佳樹は込み上げる衝動を鎮めた。


しばらくそうやってじっとして、佳樹はなんとか下腹部を熱くする想念を封じ込めた。

頬の熱を確認して、個室を出る。最後に、鏡に映る自分の顔に異常がないかじっと見てから、洗面所を出た。

エレベーターに乗ると、ちょうど最も混み合う時間で、押し合いながら中にすし詰めにされる。背後からフッと、誰かの息がかかったが、きっと偶然だ。

――偶然……偶然。

押しつけられた腰が少し強い気がするのも、佳樹が意識しすぎているからだ。

わざとかもしれないと認識したら、佳樹は出社することと自体がより恐ろしくなる。

佳樹は懸命に、すべてが自分の意識過剰、あるいは偶然だと言い聞かせた。

少しして、佳樹の部署のあるフロアに着き、ホッとしてエレベーターを降りる。

俯き加減で足早に、佳樹は自部署へ向かった。同じ部署の女子社員に挨拶する。

「おはよう」

「あ……高山さん。おはよう、ございます」

なぜか気まずそうに視線を背けられ、佳樹は内心で首を傾げた。どうしたのだろうか。

続いて、同僚男性にも挨拶したが、「お、おう」と、こちらも妙な態度だ。

なにがあったのだろう。あの日のことはばれずに終わったはずだ。いったいなにが、皆にこんな態度を取らせているのだろうか。

上げた視線に、隣席の丹沢が入る。すでに出社していた丹沢が、佳樹を見やると眼差しを歪めた。

「高山、課長がおまえに話があるってよ」

「……え、課長が？」

そう言われ、佳樹が窓際の課長の席に顔を向けると、苦い顔をした課長が佳樹を手招いた。

「高山くん、ちょっと」

自デスクに鞄を置き、佳樹は慌てて課長のもとに向かう。課長は佳樹を、パーテーションで仕切られた接客スペースへと移動させた。

いったいなんの話なのだろう。それに、同僚たちの態度はなんなのだろうか。

接客スペースで、課長は佳樹を差し向かいで座らせると、気まずそうに口を開く。

「高山くん、あー、その……昨夜のことは、覚えているか？」

「昨夜……」

佳樹の顔がサッと青褪めた。まさか、昨日の丹沢との一件を、課長も知っているのか。

――オレが丹沢さんに襲われたから、それで、みんなあんな態度を……。

いや、しかし、それなら丹沢のあの態度は？

佳樹は混乱した。部署の誰も、丹沢を非難しているような雰囲気ではない。むしろ、佳樹を異端視するような眼差しで……。

課長が無意味な咳払いを、数度繰り返してから、口を開いた。

「高山くん、君のあー、趣味？　好みというのか？　そういうものは、君の自由だ。同性愛者だからといって、差別するようなことはしない。仕事には関係のないことだからね。しかし、その気のない同僚に無理強いするのは、困る。丹沢くんから相談を受けて」

「ちょっ……ちょっと待ってください。無理強いって、自分がなにをしたって言うんですか⁉」

　思いもかけない課長の言に、佳樹は立ち上がって、声を上げた。

　課長は、落ち着けとでもいうように両手を上げ、佳樹を制する。

「酔っていたというから、もしかしたら記憶がないのかもしれないが、昨夜、二次会のトイレで、君は丹沢くんに迫ったそうじゃないか。個室に押し込まれて、せ、性器を剝き出しにして迫ってきたと、丹沢くんがね。その前から、君はその……だいぶ男性社員に色目を使っているだろう？　それについても、困る、と意見がね」

　言いにくそうな課長の発言に、佳樹は呆然とした。

どういうことだ。昨夜のことが、どうしてこんな歪んで、課長に伝わっている。

　それに、佳樹が色目を使っている？

「自分は、そんな……！　そんなことはしていませんっ。昨日は自分じゃなくて、丹沢さんが……っ」

「おいおい、嘘をつくのはやめてくれないか、高山。昨日、たしかに俺に迫って、トイレの個室で抱いてくれと言ってきたじゃないか。あそこ丸出しで迫られて、どうしようかと思ったぞ」

　パーテーションで区切られただけの接客スペースに、丹沢が顔を覗かせてくる。いかにも被害者然として眉をしかめてくる丹沢に、佳樹は声も出ず、口をハクハクと開閉させた。

　なにを言っている。襲われたのは、佳樹だ。被害者は佳樹ではないか。

課長が、丹沢をなだめようと立ち上がる。

「丹沢くん、高山くんにはわたしのほうから話しておくから……」

「しかし、課長。あんなふうに否定されては、まるでこちらが嘘を言っているようではないですか！　同性に迫られたのは、こっちだっていうのに」

丹沢が憤然として主張する。すると、丸聞こえだった話を聞いていた同僚男性の一人までが、口を挟んできた。

「課長、昨日の丹沢、身震いして、トイレから戻ってきたんですよ。顔色も悪かったし、なあ」

と、別の同僚にも同意を求める。それらに、昨夜の二次会に参加していた男性社員たちが頷く。

「そのあと帰った高山の様子もおかしかったし」

そんなことまで言ってくる。

佳樹の頭は真っ白だった。たしかに、昨夜の自分の帰り方は不自然だったかもしれない。だが、それはあんなことがあったからで、そのことで丹沢が嘘を言いふらすなんて。

――なんで、そんな嘘を……！

悲痛な眼差しの佳樹に、丹沢は佳樹にだけわかるようにニヤと唇の端を上げた。

――あえて、嘘を……っ。

佳樹は目を見開いて、丹沢を見つめた。あとで佳樹が、丹沢に襲われたなどと周囲に訴えないよう、たとえ訴えても真実だと取られないよう、先手を打ったのだ。

「別に、おまえが同性愛者でもいいが、ああいうことをするのはやめてくれよ、高山」

いかにも困った風情で、丹沢が言う。佳樹の唇がワナワナと震えた。

被害者は自分だ。それなのに。

「丹沢さん……オレは……オレは……」

あまりのことに言葉が出ない佳樹の肩を、課長が軽く叩く。

「まあ、気をつけてくれ、高山くん。それなら、丹沢くんもいいのだろう?」

「はい。高山が二度としないと言うのなら、かまいません。ホント、あれはちょっと」

そう言って、丹沢は苦笑する。同僚男性たちも困ったような笑みを口元に浮かべ、佳樹を見た。視線の奥に、嘲笑が混ざった眼差しだった。

「ち、違……オレは……そんなこと……」

「往生際が悪いぞ。丹沢が寛大だからって、いい気になるなよ」

「そうそう。昨夜の丹沢は、マジで震えていたんだからな」

「さすがに、男に迫られるのはなぁ」

口々にそう言って、同僚男性たちが笑いだす。佳樹は目の前が真っ暗になった。

完全に誤解されている。佳樹は同性愛者で、同僚に迫る見境のない奴だと認識されている。

違う。佳樹はそんなことはしていない。

だが、こんな状態で、どう弁解すればいい。


「さ、もう始業時間だ。朝礼を始めるぞ」

課長が手を叩き、皆を課長席前の朝礼場所に向かわせる。

——どうしたらいい……どうすれば……。

佳樹はその場に凍りついていた。

しかし、なんとか誤解を解かねばと口を開きかけた。

その佳樹に、さりげなく丹沢が歩み寄る。

「おまえのあそこ、パイパンだったたって、皆に言ってもいいいんだぞ」

「……っ」

佳樹は息を呑んだ。丹沢がニヤリと、佳樹を見下ろす。自分より弱い立場の人間をいたぶる、嗜虐に満ちた眼差しだった。

青褪めた佳樹に、さらに丹沢が囁く。

「胸も、女みたいな乳首だったたって、言おうか? 赤く腫れて、だいぶ可愛がられているよな、あの乳首。男にしてもらったんだろう? ホモ野郎が」

嬲るように吐き捨て、丹沢が離れていく。

身体が小刻みに震える。頭が真っ白で、なにも考えられない。

佳樹が反論したら、なにを言うと?

身体がふらつき、へたり込むように、接客スペースの椅子に座り込む。

フロアでは、佳樹がいないまま、朝礼が始まっていた。

無毛の股間。男なのに、弄られて、昼でも赤く、ぷっくらと腫れた乳首——。

「オレは……オレは……してな、い……」

小さな呻きは、誰にも聞こえない。

自部署の人間だけではなく、会社中に、佳樹が同性愛者で、同僚に迫ったという話が広がっているだろう。

英一と季之とのことが知られたわけではない。

しかし、佳樹が男とそういう行為をする人間だと、会社に広まってしまった。

丹沢に迫ったのは事実ではないが、佳樹が普通の男でないのは事実だった。

「——高山さん、S社から電話ですよ。三番です」

いつまでも接客スペースから出てこない佳樹に、女子社員が電話だと告げる。

動きたくない。皆の前に出たくない。

しかし、取引先との通話を無視できない。

仕事上の責任感だけで、なんとか己を鼓舞し、佳樹は接客スペースを出た。俯いて、誰の顔も見ず、自席に戻る。

「……お、お待たせしました、高山です」

口ごもりつつ通話を始めるが、周囲からの視線が刺すように感じられる。気持ち悪そうに見やる者、ニヤニヤとおもしろがる者、若干引いたような眼差しの者——。

グッと刺し込むように胃が痛んだ。頭がうまく働かず、何度か訊き返しながら、なんとか通話を終える。

居たたまれず、まだ訪問の約束には時間があるのに、佳樹は鞄に慌ただしく必要書類やカタログを放り込むと、席を立った。

ホワイトボードに訪問先と帰社予定を書き込み、逃げるようにフロアを出た。通り過ぎる別部署の者たちも、佳樹をチラリと見ているような気がした。

——いやだ……いやだ、いやだっ！

会社ビルを、佳樹は飛び出した。


無言で、佳樹は帰宅した。そのまま自室に向かおうとしたのだが、季之がリビングダイニングから出てくる。

「おかえり、佳樹」

にこやかな響きに、佳樹の身体は一瞬強張るが、俯いたまま、口の中でモゴモゴと拒む言葉を口にする。

「……ごめんなさい。今日はちょっと調子が悪いから、部屋で休む」

そうして足早に、自室に向かおうとした。

しかし、それを阻んで、季之が佳樹の腕を摑む。

「ダメだよ、佳樹。なにがあったのか、教えてくれないとね」

佳樹の傷ついた心を逆撫でするような、おもしろがるような、声音だった。

だが、今日は季之に付き合えるような状態ではない。丸一日、出先から社内に戻るたびに突き刺さる視線、嘲笑の囁き、嫌悪を隠さない態度、あるいは逆に親切めかして、その実好奇心満載で話しかけてくる人間。

それらに、佳樹の神経は疲弊しきっていた。明日からもまた出社するためには、どれだけの気力が必要か。佳樹を玩具にする季之に付き合っている余裕はなかった。

しかし、季之に諦める気はない。半ば強引に、佳樹をリビングダイニングへと引きずっていく。

佳樹をソファに座らせると、なにかのリモコンを操作した。

「……ひっ」

それはテレビのリモコンのようで、しばらくして映ったのは、佳樹の会社内の映像だった。

息を吞み、目を見開く佳樹に、隣に腰を下ろした季之が囁く。

「まだ、あの時のカメラを撤去してなかったからね。こうして、佳樹を見守っていたんだよ。昨夜、あんなことがあったばかりだからね」

いかにも心配そうに言いながら、季之の目は楽しげだ。佳樹はぎこちなく、何度も首を横に振った。視線は、映像に釘づけだった。

「な、んで……」

「英一さんにも見てもらおうと、ＤＶＤに焼いて、持ってきたんだよ。丹沢って、この男だよね？ 佳樹の隣の席だって言っていたし。なにを言われて、佳樹、あんな青い顔になっているのかな？ 同僚らしい他の人たちの目つきも、なんか意地が悪そうだよねぇ」

映っている映像は、営業先から帰社後、どうしても丹沢に了解を取らなくてはならない案件があり、話しかけた時のものだ。その際に、わざとよく通る声で、「ホモじゃないから、そんなに近寄らないでくれ」などと言われたのだ。まるで再び、佳樹が迫っているかのようなそれに、部署どころではなく、同じフロアにある近くの他部署の者まで、佳樹に異端を見る目を送ってきた。

思い起こし、佳樹の身体の震えがひどくなる。

「オレは……オレはっ……あぁぁぁ――……っ！」

喉の奥から、絶叫が湧き上がった。全身がガクガクと震え、叫びが止まらない。

驚いたように、季之が佳樹を抱きしめる。素早く、画面は消された。

だが、佳樹は頭を抱え、悲鳴を上げ続ける。なにもかもが、もう耐えられなかった。

「佳樹、佳樹、ごめん。悪かった。もう消したから、大丈夫……大丈夫だ、佳樹」

やさしく、穏やかな囁きが、佳樹の耳朶に吹き込まれる。抱きしめられ、背中をゆったりと撫でられた。

「よし、よし……大丈夫だ、佳樹」

「ふぅぅ、っ……うぅっ……」

どうして、自分がこんな目に遭う。こんな仕打ちを受けなくてはいけない。

佳樹は悪くない。なにもしていない。

同性を襲う行為をしたのは丹沢だし、そもそもというのなら、佳樹を同性との行為に引きずり込んだのは季之と英一だ。この二人に出逢わなければ、佳樹は普通の男でいられた。同性に——それも、英一と季之でなくては感じられない男になど、ならずにすんだ。

「オレは……オレは、悪くないっ。オレッ……オレ、ホモじゃ……ない！」

しゃくり上げながら、季之の胸で佳樹は叫ぶ。それに対して、季之はいつものからかいはしてこなかった。佳樹の際どい状態をさすがに慮っているのか、やさしく同意してくれる。

「そうだね。佳樹はホモじゃない。俺たちにしか感じないのだから、正確にはホモじゃないよね」

「ふ……ふぇ……ホモじゃ……っく」

子供のように涙が零れた。頭の一方で、適当になだめられているだけだと冷静に判断する自分を自覚しつつ、幼児のように暴れるものを制御できない。

激情のままに季之の胸を叩きつつ、佳樹は感情を吐き出した。

「オレ……なにもしてないのにっ……したのは、丹沢さんなのにっ……なんで……！」

それだけで、丹沢がなにをしたのか、季之は察したらしい。

「なるほどね。逆の話を周囲に広めた、というところか」

季之が呟き、よしよしと佳樹の髪を、背中を撫でてくれる。

「あぁぁぁ――――……っ！」

また、意味のない叫びが、佳樹から溢れ出た。社内では誰も信じてくれなかったことを、やっと信じてもらえた。それが叫びとなって、飛び出たのだ。

「オレ、してないっ……してないのに、っ！」

「そうだよね。佳樹が、俺たち以外の男を誘惑するわけないのにね。男だろうと、女だろうと、佳樹は俺たち以外で気持ちよくなんてなれないのだから、迫る意味なんてないのにね？　ひどい目に遭ったね、佳樹。会社の連中は、まったく見る目がないよ。佳樹はこんなに恥ずかしがり屋で、自分からいやらしいことなんてできない子なのに、ひどいね」

「してない……ひっ、く……オレ、してない……ああぁ、あぁ――っ！」

感情が極まり、佳樹はまた叫んだ。言葉より激情が溢れ出て、自分でも止められなかった。

「――なにをしているんだ」

と、呆れたような声が、ドアのほうから聞こえた。

季之の胸に顔を埋めている佳樹は気づかなかったが、佳樹から少し遅れて、英一が帰宅していた。佳樹の叫びを聞きつけて、眉をひそめている。

その冷たい口調に刺激され、佳樹は怒鳴るように思いを吐き出した。

「オレ、やってない……っ！」

「そうだね。そうだよね、佳樹」

また季之が背中をやさしく撫で、佳樹の訴えに頷いてくれる。

フーッ、フーッ、と荒い息を吐きながら、季之のシャツを握りしめ、佳樹はブルブルと震えていた。

英一がソファの別の場所に鞄を置き、スーツのジャケットを背にかける音が聞こえる。

佳樹を挟んだ隣に、英一が重い音を立てて腰を下ろした。軽くネクタイをゆるめながら、季之に問いかける。

「なにがあった」

「いろいろ、ね。どうも、先手を打たれたみたいだよ、英一さん。昨日のあれ、佳樹のほうが同性に迫ったことにされたみたい」

　季之の説明に、佳樹の震えが大きくなる。

「してない……オレ、してない。してない。してない。してない」

　ブツブツと同じ言葉を、佳樹は何度も繰り返した。

　そんな佳樹にチラリと視線をやり、それから英一は季之へと眼差しを変えた。

　季之は無言で、佳樹に見えないようにテレビのリモコンを取ると、さっきの映像を今度は頭から再生する。ただし、音はないから背中を向けている佳樹は気づかない。ただ、なにかに取りつかれたように「してない」と呟き続けている。

　音は入っていないが、出社した佳樹が窺うような目で同僚たちに見られているところ、呼び出され、その後、真っ青な顔をして電話に出ているところ、逃げるように席を立ち、その後、映像が途切れ、新たに始まった映像では同じ部署の同僚になにか言われ、震えている佳樹などが映し出されている。

　淡々と続くそれを鑑賞し、英一が呟き続ける佳樹の顎を取った。軽く持ち上げ、自分のほうを向かせる。

「おまえが男に抱かれて悦ぶ変態だと、会社に広まったか」

「……オレはホモじゃないっ！」

　カッと目を見開き、佳樹は怒鳴った。血走った目で、英一を睨む。

　季之が苦笑した。

「英一さん、なんとか佳樹をなだめようとしてるのに、煽らないでよ。佳樹が可愛いんでしょ？」

　季之よりもよほど佳樹に情があるだろうに、傷つけることを口にする英一に、困り顔だ。

　英一は鼻を鳴らした。

「可愛がっているから、現実を教えている。これでもう、会社には行けないな、佳樹」

　その満足そうに唇の端を上げた様子に、佳樹からまた悲痛な悲鳴が上がる。

「あ、あ、あぁぁ――っ……なんでぇぇ……あぁ……っ！」

新たな涙がブワッと溢れ出た。佳樹から平穏な日常が奪われる。まともな人生はごく当たり前にあったのに――佳樹は普通の男なのに、どうして。

壊れたように涙を流す佳樹に、英一は冷淡だ。無造作に顎を摑んだまま、ひどいことばかり言う。

「なんでもなにも、わたしたちに抱かれて悦ぶ身体をしているのだから、仕方がないだろう。これでもっと、わたしたちに相応しい恥ずかしいことが大好きな奴隷（恋人）にしてやる」

「あ、あ、あ、あ、あ……」

恋人という言葉が『奴隷』に聞こえるのは、錯覚だろうか。

ろくに言葉が出ない佳樹に、英一は満足そうだ。傲慢（ごうまん）な眼差しで、顎を持つ手で佳樹を撫でた。

「夜だけでなく、昼も、恥ずかしい目に遭わせてやる。嬉しいだろう、佳樹」

「あ、あ……あ……」

いやだ、と首を左右に振る。目を見開いたまま、馬鹿みたいに同じ音ばかりを口にした佳樹の身体が、グラグラと揺れる。眩暈に襲われたように、身体の芯がふらついた。

佳樹の世界――。

佳樹の、退屈だが、安定した、平凡な世界――。

ほんの一年半前にはたしかにあったのに、どうしてここまで追い込まれてしまうのか。

辞めたくない。

会社を辞めたら、今度こそ本当に、佳樹は戻れなくなる。まっとうな、誰恥じることのない暮らしが、遠くなる。

「大丈夫、佳樹？」

季之がやさしく、髪を撫でる。チラリと英一を見る目には、軽い非難が乗せられていた。おかしくなった佳樹が欲しいわけではないのだろう、と無言で責める。

その、佳樹をわずかに思いやる温みが、飛びかけた佳樹の心を引き戻す。

それがよかったのか、悪かったのか。

「……会社は……辞めない」

なんとか舌に乗せた拒絶に、英一が喉の奥から笑いを洩らす。

「あれだけホモフォビアがいるのにか？　見ろ、あの目を。テレビではもてはやされても、現実に、自分の近くにいる同性愛者には、嫌悪を示す人間も多い。ましてや、おまえは同僚を襲ったと思われているのだろう？　だいぶ嫌悪されているようじゃないか」

嘲るように、英一が画面を示す。強引に見るように顔を向けられ、佳樹は自分に向けられた同僚たちの嫌悪、嘲り、冷笑の眼差しを見てしまう。

「……っっ！」

昼間襲った痛みが再度蘇り、佳樹は悲鳴を呑み込んだ。

明日、出社すれば、また同じ目で見られる。陰でヒソヒソと、佳樹のことを噂する話も聞こえるだろう。丹沢の嘲りも。

佳樹は丹沢を襲ってなどいない。逆に、丹沢に襲われた被害者だ。

だが、佳樹が同性相手に欲情しているのは事実だった。厳密には、同性対象というより、英一と季之にだけ欲情するようにされてしまっただけなのだが、夜な夜な二人の男に抱かれて、辱められて、それで感じて喘いでいるのは事実だった。

丹沢のこと、同性愛者であること、どちらも事実無根であれば、佳樹ももっと毅然と、丹沢の嘘を否定できる。

しかし、佳樹に英一と季之という相手がいるという事実、さらには、その痕跡——陰部が無毛であること、胸が男のものとは言いがたい状態にあること——を丹沢に知られている事実が、佳樹から否定の言葉を奪っていた。

そんな状態で、会社に行き続ける。

佳樹の呼吸が苦しくなる。ホモだと嘲られ、同性を襲うような男だと誤解されながら、仕事をし続けることが、自分にできるだろうか。佳樹の身体に刻まれた、普通の男とは違う恥辱を、いつ丹沢に公表されるかわからないのに――。

季之がいたわるように、佳樹の髪にキスをした。背中を撫でる手が、やさしい。

「無理するなよ、佳樹。会社を辞めれば、楽になるんだから。俺たちに可愛がられるだけの暮らしは、きっと楽しいよ？　いっぱい辱め(愛し)てあげるから」

やさしいのに、どうして『愛して』が『辱めて』に聞こえるのだろう。

きっと、甘くなだめながらも、季之の手が佳樹のワイシャツのボタンをはずし、中に入り込んでいるからだ。肌着を捲り上げ、胸の絆創膏を剝がし、ポツと腫れた乳首を指先で玩んでいるからだ。

「ゃ……め、て……」

こんな時にまで、淫らなことをしないでくれ。

佳樹の目尻から涙が零れ落ち、力なく首が左右に触れる。

哀れな佳樹に季之はやさしいが、英一は容赦ない。

「会社を辞めたら、ここのすべての場所にカメラを設置して、昼休みにはわたしを楽しませろ、佳樹。生でもさせたいが、職場から、テラスで足を開かせて自慰をさせるところを見るのは、いい景色だろう。いつでも、おまえで楽しめる」

愉悦の色を浮かべて、英一の目が細められる。それだけではない。手が、佳樹のスラックスのベルトをゆるめていた。

右から、左から、二人の男が佳樹の内腿を摑んで、脚を広げる。

「ぃ……や、だ……ゃ」

拒むが、英一も季之も許さない。左右から、強引に脚を開かされる。

スラックスの前を寛げられ、下着の上から英一が佳樹の果実を摑んでくる。

「……あ」

「会社を辞めたら、昼間から、季之がこうしてくれる。わたしはそれを映像で見て、おまえがどれだけ淫らで、恥ずかしい身体をしているか、伝えてやる。嬉しいだろう?」

嘲笑するように言いながら、下着の上から果実を揉むように刺激する。

佳樹の恥知らずな花芯は、拒絶する心とは裏腹に芯を持ち、下着を持ち上げていく。

英一が、季之が、淫靡に含み笑う。

「ねえ、英一さん。そうしたら、昼間から佳樹の中に俺のペニスを挿入してもいい?」

クスクス笑いながら、季之が言う。答える英一は、佳樹の下着の中に手を入れながらだ。

「ああ、かまわない。ただし、佳樹の脚を開かせて、犯されているのがわたしによく見えるようにヤれ」

「よかったね。英一さんが、全部見てくれるってさ。メチャクチャいやらしく、昼間からセックスしようね、佳樹」

「い……ゃだぁ……っ」

頰にチュッと、季之がキスする。そんなこと、したくない。昼間から、季之に抱かれるなんて。それを英一に見られるなんて。

けれど、会社を辞めないと、佳樹はずっと同僚たちのあの眼差しを浴び続ける。

どちらを選んでも、地獄だった。

「ここまで言っても、まだ俺たちを選べない? 強情だなぁ、佳樹は」

啄むように、佳樹にキスをしながら、季之が言う。

英一が、少し痛いくらいに、佳樹の淫芯を扱き上げる。

「まだ、追い込み足りないか、佳樹」

まだ? まだなんて、二人はこうなることを予想して、佳樹に会社であんなふるまいに及ばせたのか。

佳樹から、淫らな空気が漂うように辱め続けたのか。

「ひど……い」

悔しさに、呻くように声が洩れ出た。季之が苦笑し、英一が不愉快そうに鼻を鳴らす。

「それほどまで、わたしたちに欲しがられていると、わかれ」

「佳樹の全部、俺たちだけのものにしたいんだよ？」

そんなこと、わからない。わかりたくない。今だって、充分、佳樹を好きにしているではないか。これ以上、佳樹からすべてを奪って、どうしたいのだ。

「いや……ぃ、やだ……オレは……」

佳樹は抗い、首を左右に振った。これほどの異常な快楽に沈められているだけで、充分ではないか。

抗う佳樹に季之が目を細め、頬をやさしい手つきで撫でた。だが、出てくる言葉は残酷だった。

「しようがないね。それならもっと、佳樹に自分というものをわからかせてあげるよ」

「堕ちてくるまで、手加減はしない」

英一が佳樹の首筋に唇を埋めながら囁く。

「も……ゃだ……や、めて……」

まだ佳樹を追い込むつもりか。これ以上、なにをする気なのだ。会社を辞めれば満足なのか。しかし、会社を辞めたら、佳樹のまっとうな人生は……。

——助け……て……。

この先、自分がどこまで耐えきれるのか、わからなかった。英一と季之の手管に、会社での異端を見る眼差しに、心がどこまでもつだろう。

佳樹は泣きながら、喘いだ。

§十

翌日、佳樹は青褪めた顔色で会社へと向かった。

行きたくない。

その思いは強かったが、では、会社を辞められるのかと問えば、その踏ん切りはつかない。

会社を辞めたら、いよいよ英一と季之の好きにされてしまう。佳樹の身体が二人に馴染んでいるとわかってはいるが、二人に抱かれるだけの日々を過ごすようになったら、人間としてもう終わりだ。

——それほどまで、わたしたちに欲しがられていると、わかれ。

——佳樹の全部、俺たちだけのものにしたいんだよ?

昨夜の、二人の言葉が脳裏に蘇る。ひどい行為の中で、唯一甘いといってよい囁きだった。心が、その囁きに引っ張られそうになる。

でも、ダメだ。欲しがられても、それは愛とか恋ではない。肉欲だ。佳樹の性癖が二人にぴったり嵌るからこそ、望まれているにすぎない。

行為が異常であるからこそ、日常を感じさせてくれる仕事という場が、佳樹には大切だった。二人に流されてはダメだ。

働いて、稼いで、自分一人をきちんと養える状態を維持する。それさえ維持していれば、まだ佳樹は真っ当でいられる。日常を確保できる。

しかし、会社について考えると、あの嫌悪と好奇の眼差しを思い出す。出社して、佳樹は耐えられるのか。昨日の騒ぎで、佳樹が同性に迫る同性愛者だと、会社内で認識されてしまっている。そんな、腫れ物扱いの空気。

そうして出社すれば、想像以上の針の筵だった。

おまけに丹沢が、隙を見てはちょっかいをかけてくる。

例えば、給湯室にコーヒーを淹れに行ったタイミングで、さりげなくあとを追い、耳に息を吹きかけたり、尻を触ったり。拒めば、陰毛の件を皆に話してやろうかと脅され、逃げるに逃げられない。

そのくせ、人前ではさも佳樹を避けているようにふるまい、巧妙に、佳樹への皆の嫌悪を煽る。

「おい、高山。俺のあとをつけて、トイレに来るなよ。気持ち悪いな」

「そ、そんなこと、オレ、してな……」

「高山〜、おまえホモなんだから、気を遣えよ〜、な？」

　違うと言いたいのに、周囲からも否定されてしまう。おまけに心なしか、仕事上でも周囲の当たりがきつい気がした。いつもなら指摘しない、ミスともいえない書類上の間違いを訂正させられたり、申請がスムーズに通らなかったり。

　周囲の視線、当たりのきつさに、よけいにミスも増え、結局、その日の仕事が終わったのは、夜の十時を過ぎた時間だった。ただ、その頃には社内の人間もほとんど帰宅していて、昼間よりは神経が刺激されなかったのが救いだ。

　なんとか業務を終えて、佳樹はため息をつきつつ、立ち上がった。今日一日だけで、ひどく疲労していた。

　こんな日々が、どれくらい続くのだろう。出社し続ければ丹沢の仕打ちはさらにエスカレートするかもしれないし、ここを辞めたら佳樹はどうなるか。

　けれど、周囲からの視線もつらい。

　――オレは……オレは……英一さんや季之さんの玩具じゃ……ない……。

　仕事を辞めたらきっと、二人にいいように丸め込まれて、アブノーマルな悦楽に流されて、どうなるかわからない。

　なんとか、日常の世界にしがみついていたかった。ただ、それもどれだけ頑張れるか。

　――オレじゃなくて、丹沢さんのほうが襲ってきたのに……。

　先を越されたばかりに、誰もそれを信じてくれない。それに、そのことを主張すれば、丹沢が皆になにを言うか。

　英一と季之によって変えられた身体――。

　エレベーターに向かう佳樹の鼻の奥が、ツンと痛んだ。昨日のように泣き喚いてしまいたい。

　だが、そんなことをしてもどうにもならないこともわかっている。

誰も、佳樹を助けてはくれない。誰も。

佳樹はエレベーターで一階に降りて、トボトボと会社ビルを出た。

しかし――。

「遅かったな、高山。いろいろと話し合うことがあるだろう?」

佳樹より二時間も前に会社を出た丹沢が、地下鉄駅で待ち構えていた。

「な、なんで……」

佳樹は後退ったが、はた目にはいかにも親しそうに、丹沢が佳樹の肩を抱いてくる。その上、わざわざ混んでいる車両に連れ込まれた。そうして、いやらしい手つきで身体に触れてくる。

俯いた佳樹は、おぞましさに小刻みに震えた。

「や……やめて、ください……」

「なんだよ。ここをパイパンにするほど男に可愛がられているくせに、相変わらず俺じゃあ感じないのかよ」

忌々しそうに、背後の丹沢が、佳樹の耳に囁く。陰部をいやらしく揉まれ、佳樹の肌に鳥肌が立つ。望まぬ行為は、嫌悪しか生まなかった。

しかし、『パイパン』と囁かれて、脅しが蘇り、佳樹から抵抗を奪う。すでにひどい偽りを吹聴され、白い目で見られているのだ。この上、股間を無毛にしているなどと明かされたら、さらに周囲の目が冷たくなるとしか思えない。

恥ずべき脱毛サロンで、欧米では陰毛を整えるのは当たり前の行為だと英一と季之に言われているが、ここは日本だった。日本では、女性でもないのに陰毛を整えている男は多くはないし、ましてや完全に脱毛している人間など、女性を含めても少数派だ。

男で永久脱毛を始めているなど、絶対に変態だと思われる。

——どうしよう……どうしたら……。

そうしているうちに次の駅に到着し、佳樹は痴漢をされている自分を知られたくないと、身を縮めた。

時間的に、残業終わりや、同僚と飲みに行った帰りのサラリーマンが多いのか、混み合った電車内にさらにスーツの男たちが乗車してくる。

乗車の波がひと段落ついたところで、電車のドアが閉まった。わずかの間を置いて、ゆっくりと走りだす。

再び、丹沢の手の動きが始まった。さっきよりも混雑した車内で大丈夫と思ったのか、スラックスのジッパーを下げ始めた。

「……っ！」

佳樹は息を呑み、愕然と目を見開いて、背後の丹沢を振り返った。

「ゃ……やめて……くださ……んっ」

ジッパーを下げたことで空いた隙間から、丹沢の手が忍び込む。それは更に下着の合わせ目を潜り抜け、佳樹の性器をじかに摑んできた。

恐怖の震えに、佳樹の足から力が抜けかかる。それを、前方から誰かが、力強く支えてきた。

まさか、痴漢されている佳樹の姿に刺激されて、丹沢と同じ行為を仕掛けようと、仲間に加わってきたのか。

佳樹は、考え直してほしいと懇願する眼差しで、前方へと顔の向きを戻した。

驚きに、胸が喘いだ。

「と、としゆ……さ……」

佳樹の前方に立ち、崩れかけた身体を支えたのは、季之であった。なぜ、こんな場所にいるのだろう。

驚愕する佳樹に、季之がうっとりするような甘い微笑を浮かべる。少し身を屈め、耳元に小さく囁いてきた。

「大丈夫？　悪い先輩にはお仕置きしてあげるよ、佳樹」

「……え」

囁きの意味がわからない。季之はなにをするつもりなのだ。

と、背後の丹沢が身じろぐのを感じた。

「ちょっ……なにを」

「黙れ。痴漢の現行犯だと騒いでほしいか？」

ひそやかな攻防に、佳樹は再度の驚きに襲われた。丹沢の背後に、英一がいたからだ。

「ひで……かず、さ……」

佳樹のスラックスの前から中に入り込んでいた丹沢の手を、英一が引き抜く。下がっていたジッパーを、季之が素早く上げた。佳樹の前を整え、丹沢から佳樹を取り戻す。

「次の駅で降りるよ」

季之は甘くそう囁き、背後の丹沢は英一が軽く拘束している。

――次で降りる……？

マンション近くの駅までは、まだ数駅ある。オフィス街の多い駅で降りて、どうするのだろう。もしや、丹沢を痴漢として、交番に突き出してくれるのだろうか。

佳樹の胸の奥が、ジンと熱くなる。いつもただ、会社を辞めればいいと嬲るだけだったのに、こうして佳樹を助けに来てくれるなんて思わなかった。佳樹を追い込むと言っていたのに、あれは行為中の冗談、のようなものであったのだろうか。佳樹をなんとか頷かせようと、あえてひどいことを言っただけだったのか。

予想外の二人の行動に、疲弊しきった心に暖かなものが込み上げる。

駅に到着し、佳樹たち四人は電車を降りた。

「くっそ……なんだよ、おまえら」

ホームに降りた丹沢が、忌々しげに英一と季之を睨む。

電車待ちしていた人間が乗車したことで、それなりに人がいたホーム上は、束の間、閑散としていた。睨む丹沢を無視して、英一が季之に「あっちだ」

と指示を出す。大手企業ビルが林立する改札とは反対の、どちらかというと開発もひと昔前には落ち着いた、地味だが閑静な地域への改札に通じる階段を指す。

その方向に交番があるのだろうか。

佳樹にはあまり馴染みがない場所のためよく知らないが、英一がわざわざ指示するのだからそうなのかもしれない。

しかし、佳樹と同じように、交番にでも突き出されると危惧した丹沢が抵抗すると、腕を掴む英一が耳元になにか囁いた。

「……………………」

「え……」

なにを言われたのか、丹沢が意外そうに英一を見上げていた。次いで、ニヤリと口元が歪む。

「わかったよ。行こう」

なぜか素直に頷いた丹沢に、佳樹は眉をひそめた。

どういうことだろう。

不審を覚えた佳樹の背を、季之がやさしく押す。

「大丈夫。あいつが二度と佳樹に馬鹿なことをしないよう、必ず罰してあげるよ」

丹沢には聞こえないよう、佳樹に囁く。本当だろうか。そう季之を振り返る佳樹に、季之が笑みを浮かべる。

「俺たちの可愛い佳樹にあんなことをした男を、許すわけがないだろう？　佳樹は、俺たち二人の玩具（恋人）だよ」

不穏なニュアンスを感じるが、季之たちが佳樹をそれなりに大事にしていることはわかっている。最初の頃も、わざと佳樹が痴漢されるように仕向けたことがあったが、結局途中で助けてくれた。佳樹が他者に触れられることに、不機嫌そうでもあった。

――そう……だよな。こうやって助けに来て、くれたんだし……。

佳樹の背を、季之がそっと押す。

「さ、行かないと、英一さんに置いていかれるよ？

行こう、佳樹」

「……う、ん」

頷くと、英一たちはもう階段に足をかけようとしている。急いで、佳樹もそのあとを追った。

階段を上がり、改札を出ると、英一は迷いのない足取りで、目的の出口に向かっていく。

そうして地上に出ると、ビルが林立した狭間のような場所だった。小さな広場で、そこから案内板に書かれた会社やホテルにすぐ行けるようになっていた。しかし、交番らしきものはない。

どこに行くのか英一はわかっているようで、佳樹たちを振り返ることなく進んでいく。もう腕を取られていない丹沢は、ニヤニヤとしてついていった。

――どうして、あんな顔……。

佳樹の中で、なにかの警報めいた予感が小さく鳴る。

「と、季之さん……あの、交番……」

「ほら、佳樹。英一さんを見失うよ。急いで」

急かされ、佳樹は不審を胸に抱きながら、足を動かしてしまう。

罰すると言ってくれた。

助けてくれた。

そのふたつが、佳樹の中に浮かびかけた疑念を、隅に押しやってしまう。

それほど、二人が助けに来てくれたという行為が、佳樹をホッとさせていた。

ビルとビルの間の細い道を入り、英一はどんどん先へと進む。ついていった先には、都心のオアシスになる、ちょっとした公園があった。それなりの広さがあり、樹木で囲まれている。奥に進むと、樹木の間を縫うように小道が整備されていたが、十時を過ぎた今は人気（ひとけ）がなかった。ただ、ところどころポツリと灯りが寂しく小道を照らしている。

その小道の途中で、英一の足が止まった。

「さて、始めようか」

言うなり、ニヤニヤとついてきた丹沢を後ろ手に拘束し、季之にも手伝わせて、外灯のポールに縛りつける。

「おいっ……なにをするんだっ！」

「黙れ」

英一が吐き捨て、季之が丹沢の頭を固定する。スーツに違和感のないビジネスバッグから、英一がなにかの器具を取り出した。黒い球状のそれを、季之が固定した丹沢の口中に噛ませる。

「なにす……んぐっ……ふっ、ふぁめ……」

やめろと言いたかったのだろうが、言葉にならない。固定具を丹沢の頭の後ろで留めると、季之はそのまま手を丹沢のスラックスへと下ろした。ベルトをはずし、スラックスの前を寛げる。そうして、下着ごと足首へと下ろしてしまう。

「よっと……うわぁ、貧相なペニスだなぁ」

「ふぅぅ……ふぐぅっ」

射殺しそうな目で季之と英一を睨み、丹沢が身を捩る。だが、足元に溜まったスラックスと下着が、丹沢の行動を阻害した。

佳樹は季之と英一がなにを始める気なのか、わからなかった。唖然として、股間を晒す丹沢を見つめてしまう。

そうやって丹沢を惨めな格好にしてから、英一が無表情に、携帯端末を向ける。カシャと一枚撮影し、携帯端末を胸ポケットに仕舞った。

丹沢は目を見開き、英一を凝視している。

「——さて、騒いだり、今夜のことを誰かに話したりすればどうなるか、わかるな？」

「ふっ……ふぁ、っ」

丹沢がブルブルと震えだす。だが、なにかを哀願しようとしても、猿轡（さるぐつわ）を噛まされているため、言葉にならない。

もしや、これが丹沢に対する罰なのだろうか。二度と、佳樹に不埒なことができないよう、いかにも二人らしい手段といえた。

そうやって安堵したのが悪かったのかもしれない。

警戒が解けた佳樹の両肩を、いつの間にか背後に回った季之が摑んだ。

「いやだなぁ、佳樹。あの男への懲罰は、これからが本番だよ?」

そう言うと、なぜか佳樹のジャケットを脱がせていく。

「え……なに、季之さん……?」

英一が、佳樹へと歩み寄る。

「安心しろ。こんな時間に、この公園を使う人間はまずいない。この位置の樹木は、ビルからの視線も遮っている」

いつもの冷淡な口調で言い、佳樹のネクタイをゆるめていく。

「ひ、英一さ……ん、なに……を……」

まさか、ここで佳樹を裸に剝く気なのか。こんな場所で、丹沢も目の前にいるのに。

脱がせたジャケット、解いたネクタイを、二人が小道沿いに整えられている芝生に投げていく。英一の長い指がワイシャツのボタンをはずし、季之が背後から、佳樹のスラックスのベルトをゆるめていく。

「ゃ……や、めて……」

佳樹の声が震えた。屋外で行為に及ばれるのは、初めてではない。恥ずかしい行為を何度も強いられた。

だが、ギリギリの際どさであったが、英一と季之以外の視線は防がれていた。

今は違う。三人だけの行為でなく、丹沢がいた。丹沢に、佳樹の痴態を見せるのか。

「……ぃ、やだ!」

思わず大きくなった声に、英一が眼鏡の奥で深みのある眼差しを愉悦に細める。

「あの男以外にも見せたいのか?」

「今の声、誰に聞こえたかなぁ」

季之は楽しげだ。佳樹を言葉で嬲りながら、丹沢にしたように下着ごと、佳樹の下肢を剝き出しにしていく。

無毛の下肢が、夜の空気に晒された。

「……っ」

叫びが上がりそうになり、佳樹は唇を嚙みしめた。不用意な声を出し、これ以上よけいな危険を呼び込みたくない。

そんな佳樹を、季之が背後から軽く持ち上げ、前方では英一が空中に上げられた佳樹から靴、靴下、そして、スラックスと下着を奪っていく。

「ゃめて……ゃめて……」

小さく、佳樹は懸命に二人に頼んだ。だが、下肢を剝き出しにされた佳樹は、一旦地面に下ろされると、ボタンをはずしたワイシャツを肩から落とされる。

「はい、万歳して」

季之がいっそ爽やかなほど朗らかに言い、震える佳樹の腕を強引に上向かせた。そうして英一が、佳樹の肌着を捲り上げる。

「ゃ……ぃ、ゃ……あっ」

首から肌着を抜かれ、佳樹は完全に裸体を晒された。眩暈のように、頭がグラグラと傾いだ。それを、背後の季之があっさりと支える。それどころか、両脚を大きく開く形で、背後から抱き上げられた。

「ひっ……っ！」

あんまりな格好に、佳樹は裏返った悲鳴を上げた。だが、それはほんの序の口だった。股間を無残に見せつける体勢の佳樹を、季之が丹沢へと向ける。

「どう？　佳樹は綺麗だろう？」

拘束された丹沢の喉が、ゴクリと動いた。佳樹の痴態に、視線が惹きつけられている。

横から、英一がおもむろに佳樹の内腿を撫で上げた。ゆっくりと、男らしい長い指の手が這い上がり、丹沢に見せつけるように佳樹の果実を柔く握る。

「……んっ」

いやなのに。丹沢が見ているのに、佳樹の肉欲が身体の奥を燃やし始める。

——いや……いやだ。こんな……。

早くも芯を持ちだした淫芯に、英一が目を細める。

「もう感じているのか？　あの男には、直接ペニスを握られても、なんの反応も示さなかったが……いい子だ」

口では褒めているが、佳樹の花芯を握る手は意地悪く幹を撫でるように上下を始める。

「んっ……んっ……」

佳樹は目をギュッと閉じて、その恥辱を耐えようとした。

英一が丹沢へと続ける。

「わかるか？　これは、わたしたちのものだ。わたしたちの手でしか感じない、可愛い恋人だ」

「ふ……んぅ、っ」

荒い鼻息は、丹沢のものだ。その目は、英一からの手淫でしだいに勃起していく佳樹の果実を凝視し、ぼんやりとした外灯に照らされて肌が赤みを帯びていくにしたがって濃厚に漂い始めた色香に息を弾ませていた。


普段の佳樹も男を誘う匂いがしたが、淫靡な行為に感じ始めた佳樹は、また格別だった。

完全に佳樹の果実がそそり立つと、英一が一旦、そこから手を離す。

代わって、英一の手が向かったのは、胸だった。刺激され続けて、常にぷっくりと乳首を勃たせた佳樹のそこは、肌着に擦れて感じるのを防ぐために、絆創膏が貼られていた。

それを、英一が無造作に剝がす。

「んん……っ！」

一気に剝がされ、佳樹は痛みに呻いた。しかし、胸の粒は健気に赤く腫れて、ツンと尖っている。

「可愛いよね、佳樹の乳首。最初の頃はもっと薄い色だったけど、俺たちで育てて、すっかりいやらしい紅色になって、ふふ」

季之の言葉だけで、空気に晒された佳樹の胸の粒はピクピクと反応し、快感が果実へと繫がった。

佳樹を言葉で嬲ったあと、季之がわざとらしく丹沢の股間を見下ろす。

「あれぇ、みっともない勃起だなぁ。ホモじゃないって、会社で佳樹を苛めているんだろう？　なのに、佳樹で勃っちゃうって、どういうことかな」

嘲られ、丹沢の顔が朱に染まる。だが、視線は佳樹の痴態から離れられない。

英一に乳首を抓られ、佳樹の下肢が突き上がるような動きをしてしまう。

「あっ……あぅ、ん……っ」

すかさず、季之が耳朶に吹き込む。

「そんな声を出していいの？　会社の先輩が、佳樹が感じているところを見ているよ」

「……ぃ、やっ」

キュン、と下腹部に疼きが走る。二人以外の男に見られている恐怖ではない。この痴態を、英一と季之に嬲られて感じている姿を見られている、それは甘い悦楽だった。

――そ、んな……いやだ……。

脱毛サロンでも、施術員がいる中で感じてしまう自分には嫌悪を感じてきた。

ただの痴漢には感じるどころかおぞましさしかないというのに、英一と季之がそばにいて、嘲笑したり、嬲ったりしているだけで、他者の視線がむしろいっそう佳樹の情動を高め、恥ずかしさに息が詰まるほど感じてしまうなんて、ひどすぎる。

「ぃや……やだぁ……っ」

耐えきれず、佳樹は季之の腕の中で身を捩った。季之が「おっと」と楽しそうに言い、丹沢が拘束されている外灯の横にあるベンチに、佳樹を下ろす。だが、佳樹を逃がさず、手早く佳樹の片脚をベンチの背にかけさせる。

佳樹は丹沢の方向へと、脚を広げる態勢で固定された。

「やっ……ふぐ、っ！」

思わず声が上がりかけ、季之の手で塞がれる。

「人を呼びたいの、佳樹？　ダメだよ」

クスクスと笑いながら、季之は背後から片脚をベンチに乗せ、佳樹の身体を固定する。片脚をベンチの背もたれにかけ、もう片脚を膝から広げるように持たれて、佳樹の目が恥辱の涙に潤んだ。

片脚を広げ、もう片方の手で佳樹の口を塞ぎながら、季之が甘く、佳樹を辱める。

「ほら、先輩に佳樹の可愛い尻穴まで見られているよ？　こんな小さな蕾に、毎日俺と英一さんの太いモノを咥え込んでいるんだよね、佳樹は」

そう言って、視線を丹沢へと向け、季之は移動させる。丹沢は顔を佳樹へと向け、広げられた脚の中心を見つめていた。剝き出しの股間はすっかり勃起し、佳樹の痴態に先端から精液を滲ませようとしていた。

いつの間にか、背もたれのほうに英一がいた。背もたれ越しに佳樹の腿裏へと手を這わせ、丹沢の視線を誘導するように果実の根元を撫で、そこから無毛の蟻の門渡りと称される過敏な場所を撫で下り、慎ましく窄まった蕾に指先が触れる。襞を広げるように入り口に指を含ませながら、今度は英一が佳樹を嬲る。

「綺麗な雌孔だろう？　佳樹のここは。だいぶ使い込んだが、可愛い薔薇色(ばらいろ)のままだ」

「ん、ぐぅっ……ふ、ゃぁ……っ」

指が佳樹の襞を広げ、中へと入り込む。乾いた蕾は、しかし、痛みを佳樹にもたらさない。中からジュンと濡れる感覚が湧き、嬉しげに英一の指を食いしめる。

同時に、丹沢に見られながら、佳樹は果実をいっそうそそり立たせた。

いやだ。

見ないで。

こんな恥ずかしい状態を、英一と季之以外の人間に見られたくない。

そう感じるのは真実なのに、第三者に見られながら、英一と季之に嬲られる羞恥に、全身が反応する。まだ指を挿入されただけであるのに、反り返った花芯からピュッと蜜が飛んだ。

　達したのではない。完全な絶頂ではなく、小さな悦びといったらよいのだろうか。

　男が一気に上り詰めるのとはまた違う、女性のような小刻みな悦びが、佳樹を襲う。

「あれ？　英一さんの指、一本で気持ちよくなっちゃった？」

「会社の同僚に見られているのがいいのだろう。会社で射精させた時も、反応がよかったからな」

　会社で射精という言葉に、丹沢が目を剝く。その反応に、季之が楽しそうに説明を始めた。

「すごく佳樹が色っぽくなった日があっただろう？　あの日、佳樹の後ろにバイブを挿れて、皆のいるところで射精させたんだよ。気づかなかっただろう？　佳樹も頑張って、気持ちよい顔をするの我慢したからなぁ、ふふ。でも、色気が洩れるのはどうしようもなかったけどね」

「たしか、こいつに話しかけられながら、イッたんじゃなかったか。気づかれないように小さく震えて、いい景色だった」

　英一が目を細めて、その時の佳樹を堪能する顔を見せる。

　佳樹はもう、言葉も出なかった。頭の芯がグラグラし、その一方で果実が痛いほど張りつめる。

　英一がなにか思いついたように、佳樹の後孔から指を引き抜いた。ビジネスバッグを引き寄せ、なにか取り出す。

　外灯に晒されたそれに、佳樹は目を剝いた。

「英一さ……っ」

「そう。あの日、会社で佳樹を犯していたのが、これだ。見せてやれ、佳樹。きっと、あの時よりも気持ちいいはずだ」

　そう言うと、あの時の淫具を持った英一が、佳樹の後孔へとそれを向けてくる。

「ああ、少し濡らしたほうがいいか」

「や……めて……英一、さん……や、めて……そんなもの……人に、見……せない、で……」

佳樹は必死に哀願した。二人の手で感じさせられている裸体を見せられているだけで、佳樹の心は悲鳴を上げていた。

その上、淫具を挿入されるところまで晒されるなんて、耐えられない。

しかし、間欠泉のように噴き上げた佳樹の樹液を、英一はペニスを模した淫具に塗りつけた。そうして、季之がさらに丹沢に見せつけるように、佳樹の脚をむごく押し広げる。尻が浮き上がり、英一と季之によってすっかり雌孔と化した佳樹の後孔が、凝視する丹沢の視線に晒された。

「やっ……やっ……」

大きな声を出したら、誰かに見つかってしまうかもしれない。佳樹は小さく、けれど、懸命に、二人の主人(恋人)に懇願するしかなかった。

けれど、丹沢に見せつけるように、佳樹の哀れな襞口に淫具が押し当てられる。

「見ろ。おまえのその、惨めなペニスが、ここに入ることは一生ないがな」

丹沢の荒い息遣い。それを冷ややかに一瞥して、英一が佳樹の淫らな花襞を淫具で開いていく。

「ぁ、ぁ、ぁ……やめてぇ、ぇ、ぇ……」

哀れな佳樹の拒絶は、誰にも受け入れられなかった。柔らかい襞がヌチヌチと開き、太い玩具を咥え込んでいく。

ゴクリ、と丹沢が生唾を飲む音が、生々しく響いた。

見られている。

英一に淫具を挿入されて、男のくせに犯される快感で性器を勃たせている佳樹の痴態を、会社の、隣の席の、先輩の、同僚の、丹沢に、見られている。

「あぁ……っっ！」

突き刺すような快感が、佳樹の背筋から脳髄を駆け上がった。さっき、女性のような小刻みな快感に蜜を飛ばした果実が痛いほどに反り返り、勢いよく樹液を迸らせる。

「あ、あ、あ……っ！」

気持ちがいい。気持ちがいい。

目の前が真っ白になり、腰が淫らに突き上がった。

ああ、こんな恥ずかしいところを、見られている――。

脱毛サロンで施術員に見られている時よりも鋭い悦びに、全身が浸(ひた)される。知覚が蕩け、開きっぱなしの唇の端から涎が流れ落ちる。

すべてを呑み込まされた佳樹の肉体は、ヒクヒクと痙攣するように震えていた。

見開いた眼(まなこ)の端から涙が零れ落ち、中空を見つめている。

「ふ……挿れただけでイッたか」

英一の嘲りに、肌が粟立つ。ピンと尖った乳首が快感にひくつき、触れてほしくて、悶えるように身体が身じろぐ。

「ねえ、佳樹。見られるの、好きだよね？」

問いかける季之に、佳樹の口が勝手に開いた。

「しゅ(好)……き……」

強い快感に呂律が回らない。

「はぁ……はぁ……はぁ……んぐっ」

丹沢が、自分にもヤらせろと訴えるように腰を揺らし、グロテスクに性器を膨張させている。

佳樹で興奮しているのだ。

英一が、淫具のスイッチを入れる。

「ひ、んっ……！」

戦慄く中を淫具が刺激し、佳樹は背筋を仰け反らせた。

その反応に、丹沢はさらに興奮する。

――こんなところ……丹沢さんに見られて……。

見られるのが、佳樹を感じさせる。よく知る人物に晒されている事実が、佳樹の淫覚をいっそう高めていた。

――気持ち、いい……。

快楽に脳髄を蕩けさせながら、中空を見つめる佳樹の瞳が悲痛に歪んだ。

気持ちがよくて。知人の前で、英一と季之に嬲られるのがよくて、心の一方が悲鳴を上げる。けれど、淫らな悦びを止められない。

「あっ……あっ……あっ……」

「腰を振って。玩具に犯されているところを、同僚に見られるのが、そんなにいいか」

「先輩にいやらしいところを見てもらって、よかったね、佳樹」

英一が嘲り、季之がおもしろがる。

――いやだ……オレは……！

けれど、快楽を貪る身体の動きを止められない。英一と季之がもたらす濃厚な性の享楽は、佳樹の恥辱を快楽に変える。

バイブで佳樹の中を刺激したまま、英一が身を起こした。拘束された丹沢へと向かい、猿轡をはずし、拘束を解いた。

よろめきながら、佳樹から目を離せない丹沢に、英一が囁く。

「触りたければ、佳樹に触れてみたらいい。ずっと、佳樹にいやらしいことがしたかったのだろう？」

ゴクリ、と丹沢が喉を鳴らす。勃起した足元に溜まったスラックスと下着から苛立たしげに足を引き抜き、下肢を剝き出しにしたまま、佳樹へと歩み寄った。

興奮した鼻息を洩らしながら、足元に膝をつき、佳樹の下肢に顔を近づける。

片脚を広げていた季之の手が離れた。背後から、季之が立ち上がる。

佳樹に触れているのは、丹沢だけだった。

「高山……高山……すっげえエロい……」

「っ……ぃや、ぁ、ぁ……っ！」

いきなり、丹沢の唇に果実を咥えられ、佳樹は拒絶の悲鳴を上げた。昂ぶりきった快感が、一気に冷えていく。熱い口内は、それが英一や季之のものならば恥ずかしいほどに欲情するのに、丹沢のそれだと知覚した花芯は、くったりと力を失くしていった。

「なっ……高山……？」

驚きに、丹沢が口内に含んだ果実から唇を離す。しんなりと力を失くした性器に、信じられないと目を見開いていた。

「な、なんで……」

横から、英一が手を伸ばした。くったりとした陰茎をやさしく扱く。

「……あ、あ、あ」

とたんに、佳樹の腰から甘い快感が湧き上がった。間近に、勃起しだした佳樹の性器を見つめて、丹沢が愕然とした顔になる。

――そんな近くで……見ないで……。

恥ずかしさに、息が上がる。英一に弄られて昂ぶる性器を、丹沢に見られる羞恥に、欲情する身体を止められない。

――なんで……オレ……こんな……。

羞恥の涙が、佳樹の眦を濡らす。感じたくない。丹沢がいるのに――いや、丹沢がいるからこそ、英一にいやらしく性器を扱かれて、恥ずかしいと感じてしまう。

「あ……んんっ！」

もう一段階強く、中に挿入された淫具の振動を強められた。季之がしたのだ。

「ほら、もっと気持ちよくなっているところを、先輩に見てもらいなよ、佳樹。もう一度イッて、今度は精液を先輩の顔にかけてあげたら？」

喉の奥で含み笑いながら、季之が佳樹を嬲る。ブルリ、と佳樹の腰が震えた。丹沢の前で昂ぶる自分。玩具で絶頂し、その顔に精液をかける自分。

「やぁ……っ」

ダメだ。これ以上、自分を辱めないでほしい。これ以上されたら、佳樹は……佳樹は……。

「いや……いやだっ……こんなこと……したくない……丹沢さ……見ないでぇ……っ」

ギュッと閉じた目蓋から、涙が零れ落ちる。全身が嫌悪にブルブルと震えた。

耐えられない。こんな痴態を、同僚である丹沢に見せるなんて、許されるわけがない。

それなのに、強く拒みながらも、佳樹の肌は淫らに色づき、熟した果実は蜜を滴らせながら、ビクビクと反り返る。淫具を咥え込んだ腰は、ねだるように悶えた。

イく。イッてしまう。

それを最後の理性で懸命にこらえた佳樹だったが、それは儚い抵抗だった。

「目を閉じていては、楽しめないだろう。目を開けろ、佳樹。そのほうがもっと、気持ちよくなれる」

「ひ……ぃ、やぁぁ、ぁ、ぁ、ぁ、ぁ」

目を開いたら、眼前には丹沢が……丹沢が見えてしまう。いやらしく広げた佳樹の脚の間で、一番の恥辱を凝視している丹沢が、見えて——。

「ぁ、ぁ、あぁぁっ……ふぐぅっ！」

上がりかけた絶叫は、季之の手で塞がれた。

腰がガクンと突き上がり、キンと鋭い耳鳴りがした。蕩けきった樹液が、限界までそそり立った果実から迸る。

見られて——。

知っている人の前で——。

英一と季之にいたぶられて——。

いやらしく欲情して——。

「ふっ……ふぅぅ、っ……んぐぅっっ————……っ!!」

気持ちがいい。

一度達してもまだ、二度、三度と、佳樹の果実から蜜が迸った。脳髄まで蕩け、全身の感覚がない。すべてが快感に——指の先まで、神経のなにもかも、意識そのものまで——佳樹という存在そのものが快感だけになる。

その極まりで、なにかがプチンと切れるのを感じた。

「ひ、ぃ……ひぃぃぃぃ、は……恥ずかしいよぅぅぅぅ……っ」

高まる羞恥に、佳樹は身を捩り、両手で顔を隠した。

恥ずかしい。

恥ずかしい。

でも……気持ちがいい。

「あ、あ、あ、んっ……いやぁ……っ」

言いながら、腰を振る。顔を隠していた両手のうち、片方を下肢に滑らせる。

「見ないで……ぇ」

恥ずかしい。

「こんな……こんな、オレ……ゃ、だ」

恥ずかしい。

「み、見ないでぇ……あっ……あっ……あっ」

恥ずかしい。

けれど、下肢に落ちた手は果実を握りしめ、季之に、英一に、そして丹沢の視線を意識しながら、赤く腫れた幹を扱き続ける。

恥ずかしくて、息が詰まりそうだ。

なのに、最高に気持ちがいい。

丹沢は、佳樹の醜態にもう言葉も出ない様子だった。恥ずかしさで身を縮めながら、けれど、自身で花茎を扱き上げる佳樹に、その嬌態に、呆けたように口を開けている。

所詮、丹沢は普通の人間だ。佳樹から匂い立つなにかに煽られたとしても、常識の範囲から出られない。

佳樹を真に慰められる者は――。

「いい格好だな、佳樹。恥ずかしいのに、自慰を見てもらいたいのか」

「ゃ……違、う……あ、んぅっ」

冷ややかに佳樹を蔑む英一に、佳樹は恥じ入り、それなのに、自身を辱める動きは止まらない。

「しょうがないよね？」

そんな佳樹の背後から、ベンチの背もたれに預けた脚の内腿に手を這わせて、季之が笑いながら頬にキスしてくる。

「佳樹は、恥ずかしいのが気持ちいい、俺たち専用の羞恥奴隷だものね？」

「あ、あ……奴隷、だなんて……い、言わない……で……あぅっ」

　自分で自分の果実の先端を親指の腹で乱暴に撫で、佳樹はその淫靡な衝撃の強さに喘いだ。喘ぎながら、なんてことをしているのだと、恥ずかしさに全身の神経を粟立たせた。

　いやだ。こんなことはしたくない。でも……ああ、気持ちがいい。

　季之が背後から、頬と頬を擦り合わせる。

「いつまで経っても、わからない子だなぁ。『奴隷』っていうのは、俺たちにとって最高の褒め言葉なんだよ？　こんなに俺たちをその気にさせて、本当に悪い奴隷だ」

「ひ……ぁ、季之……さ……」

　季之がやさしく、佳樹の手を果実から剝ぎ取る。代わって、その手が佳樹のはしたない花茎を握ってきた。

　まだ佳樹の脚の間にへたり込んでいる丹沢を、英一が無造作にどける。

「黒田！」

　季之の呼びかけに、暗がりから大柄な男が現れた。いつだか、季之の運転手をしていた男だ。

　あの男にも、こんな恥ずかしい姿を見られていたのだろうか。

「…………んっっ！」

　季之に握られていた果実が、また蜜を放とうと蜜口をヒクヒクさせた。それを、根元をきつく縛めることで、季之に堰き止められる。

「ホントに、恥ずかしい目に遭うのが好きだよねぇ、佳樹。でも、まだイッてはダメだよ？」

「その見苦しいモノを片づけておけ」

　佳樹にかまう季之に代わって、英一が黒田に命じる。黒田は下肢を剝き出しにした丹沢の着衣を手早く整えると、引きずるようにしてどこかへ連れていく。

丹沢はまだ、佳樹の嬌態に呆けたままだった。よろけた足取りで、黒田に引きずられていく。

「あ、あ……れ、高や……ま、は……は？」

しかし、佳樹の意識はもう丹沢にはない。ベンチに片膝で乗り上げた英一が、佳樹の目の前で、スラックスからその長く、猛々しい雄を取り出したからだ。

「あ……あ、あ」

「佳樹、誰のせいでこうなったかわかるか？」

英一のそれは、硬く昂ぶり、勃ち上がっていた。

佳樹を欲しがって、勃起している。

眩暈がした。

「オレの……せい……」

口にした瞬間、身体の奥がジュンと蕩けた。こんなエリート然とした男が、佳樹のような普通の、さして取り得もなく、容姿も凡庸な人間に欲情して、こんなことになっている。

それがなぜかと問われたら――。

英一の少し乾いた、冷たい手が、佳樹の頬を撫でた。

「おまえは、わたしたちが見出した最高の羞恥奴隷だ。おまえは、わたしを興奮させる奴隷はいない。だから、いつでも好きな時に、おまえを味わえるようにする必要がある。わかるな？」

頬を撫でた手が顎に滑り、口を開けろと強く摑まれる。

「ぁ……ん、ふ」

自然と開いた口中に、英一の逞しい雄茎が当然のように咥えさせられた。

言われた言葉も、されたふるまいにも、やさしさの欠片もないのに、佳樹の脳髄がトロンと蕩ける。

季之が背後から、そっと自身の股間を圧しつけてきた。それは、英一同様ひどく昂ぶっていた。

自身の欲情を佳樹に感じさせながら、季之は握っていた佳樹の花芯を煽るように扱き始めた。

「会社の先輩に見られて、こんなに興奮しちゃうんだよ。佳樹、これでも自分は『普通』だなんて、思う？　俺たちと出会う前の佳樹に、戻れるかな。戻れないよねぇ。だって、佳樹はもうとっくに、俺たちと同じ側の人間なんだからさ」

　そうして、佳樹に英一の怒張を咥えさせたまま、その体勢を変えさせる。ベンチにかけさせていた脚を下ろし、英一と目線で呼吸を合わせながら、佳樹を膝立ちにさせる。尻を季之に向けるように、四つん這いにさせ、季之は佳樹の後孔に、長い指を侵入させた。

「んんっ……んぅ、っ」

　口では英一へ奉仕、淫具の入った後孔は季之の指で弄られ、佳樹は下肢を震わせた。

　三人だけで、他には誰もいない。だが、ここは都心の公園で、完全なる屋外だ。外灯に照らされて、佳樹の裸身は二人によく見えているだろう。

　後孔内で、季之の指が動く。頭上から、英一の声が落ちた。


「ふ、いい格好だ。中に挿入したバイブが出てきたな」

「んっ……ふ、ぅ……ん、ゃ」

　季之の指に引き出され、さっきから振動したままの性具が入り口の襞を広げて、半ばまで出てきていた。

　淫具を咥えた肉襞を、二人の目に見られている。ブル、と下肢が震えた。張りつめた乳首が痛いほどに尖り、今は誰も触れていない果実が腹につかんばかり反り返る。

　ポタ、と粘ついた樹液が、ベンチに垂れるのを感じた。

　――い……やだ……恥ずか、し……い……。

　感じる羞恥は本心だった。それなのに、恥ずかしいと思えば思うほど、身体の昂ぶりは極まっていく。

　――オレは……英一さんと、季之さんの……。

　奴隷だなんて思いたくない。奴隷だなんて、いやだ。けれど、感じながらも身を強張らせる佳樹の頰を、

英一が両手で包んだ。「見ろ」と命じられ、佳樹の視線が縋るように上がる。

佳樹に、興奮した自身をしゃぶらせながら、依然として冷淡な眼差しを崩さない男が、潤む佳樹の瞳を見下ろしていた。

口の中で、英一の怒張がドクリと逞しさを増した。

「いい顔だ、佳樹。おまえはわたしたちの奴隷だが、わたしたちもまた、おまえに囚われている。……んっ、出すぞ」

口腔を擦り上げながら英一の雄が動き、最後に押しつけるように、佳樹の頭が抱きしめられた。

――英一さんも……オレに、囚われて……。

喉の奥に、英一の欲望が叩きつけられた。それを嚥下すると、次は季之が、佳樹の後孔から淫具を完全に引き抜く。

「ねえ、俺の精液は、佳樹のここで飲んでほしいな」

いいだろう？　と、いつの間に下肢を寛げたのか、季之の猛りきった肉棒が淫具にゆるんだ襞口に入り込んでくる。

「ぁ……んん、ぅ……っ」

淫具とは違う熱い欲望に、佳樹から甘い呻きが零れた。目の前では、季之に犯される佳樹を、英一が眼鏡の奥から視姦している。

トクン、と胸が高鳴り、佳樹は否定しようと首を左右に振る。

そんな佳樹の腰を抱き、季之が感に堪えないため息をつく。

「はぁ……佳樹の中、最高。英一さんに見られて、恥ずかしい？　中がキュンキュンして、すごく気持ちいい。――佳樹、俺たちともっと気持ちよくなろ？　佳樹とだったら、一生楽しめそう」

「う……そ、だ……あ、あ、あ」

腰を使いながら、季之がうっとりと言ってくる。

一生なんて、この男が口にするのが信じられない。

だが、英一までもが唇の端を笑みの形に変えてくる。

「そうだな」

　そう呟いて、季之に抉られている佳樹の上体を起こし、朱に染まった肌、ツンと尖った乳首、タラタラと蜜を零しながら勃起している性器を鑑賞してくる。

　男に抱かれて感じきっている自身の肉体を視姦され、佳樹の感覚がさらに鋭くなる。

「ゃ……やっ」

　ピュッ、ピュッ、と間欠泉のような、例の女性じみた小刻みな絶頂がやってきて、佳樹は腰を揺らした。

　英一が喉の奥で、クックックッと笑う。

「他人に痴態を見せるところまで進めたというのに、まだわたしに見られた程度でも恥ずかしさを感じるのだな。だから、おまえは得がたい奴隷というのだ。ほら、もっと恥ずかしいところを見せろ。季之とどう繋がっている」

「もう何度も見せているから平気だよねぇ、佳樹」

　季之がそう言い、膝立ちだった佳樹の体勢を、自身に座らせるような形に変え、そこから一気に、大きく脚を広げた格好で抱き上げた。

「ひっ……ひぃぃぃ――……見ないでぇ、っ！」

　季之と繋がったまま背後から抱き開かれ、勃起した花芯も、そこから蜜が垂れ、肌を濡らして結合部に滴る様も、ヒクヒクと喘ぎながら季之の怒張を食いしめている襞口も、すべてが英一の視線に晒される。

　全身を焼くような羞恥に、佳樹の快感はいや増して、過敏な状態に高められた神経をおかしくさせる。

　プシュウウゥゥゥゥ――。

　果実の先端から、透明ななにかが迸った。

「ふふ、潮吹きだ。こんなので、そこまで感じちゃうなんて……んっ、ホントに佳樹、一生俺たちのモノになって？　……っく！」

「あううぅぅ……っっ」

肉奥の深くに熱いモノが叩きつけられ、また透明ななにかがプシュ、プシュ、と性器から噴き上がる。

――気持ちが……いぃ……。

ガクン、と佳樹の全身から力が抜けた。トロンとした眼差しで、宙を見つめている。

潮を吹かされたとはいえ、達したわけではない果実はまだ勃起したままで、それを英一にやさしく握られる。感じきっているそれを柔らかく扱かれ、佳樹から泣くような喘ぎが上がった。

「あぁ……あぁぁ……」

「佳樹、わかったろう？　おまえはわたしたちのモノで、わたしたちはおまえのモノだ。会社を辞めて、わたしたちのそばにいるな？」

「そば……」

全身がフワフワした。この身体は、英一と季之の二人の手でしか、もう反応しない。恥ずかしくてたまらないのに、身体は淫らに高まってしまう。高まる甘さに、呑み込まれていく。

「俺たちの奴隷は、佳樹だけだよ。佳樹がいれば充分だし」

「佳樹でなければ味わえないだろう？　この感覚は」

英一が目を細め、季之が頷く。

「ああ、最高だ。他の奴隷はいらない」

ため息のような季之の同意に、佳樹の胸がまた、トクンと高鳴った。

助けに来てくれたのだと思った。佳樹にあんなことをした丹沢を、罰してくれに来たのだと思った。

事実、丹沢を追い払い、ちゃんと思い知らせてくれた。

だが、二人はそのためだけに来たのではない。ただ佳樹を助けてくれたわけではない。

丹沢に懲罰を与えたように、佳樹にも身の程を知らしめに来たのだ。

佳樹が誰のもので、どういう人間か。佳樹の肉体が、どれほど平凡な日常から乖離しているか。

――こんなことで感じて……オレ……二人にされて……感じて……。

佳樹の肉欲を暴けるのは、英一と季之だけ。

英一と季之の情欲を満足させられるのは、佳樹の――佳樹の性癖だけ。

三人でするセックスは、こんなにも……気持ちいい。他の誰とも、他のどんな行為でも、味わえないほどに。


――堕ちる……。

なにか、得体の知れない黒々とした闇の底に、身体が、感覚が、意識が、堕ちていく浮遊感を覚えた。

佳樹の、まっとうな人生――。

それが、今は遠く感じた。涙が、眦からゆっくりと流れ落ちた。

それは、ずっとしがみついてきた普通の人生への哀惜の涙か。堕ちる自分への憐憫か。

佳樹は虚ろに中空を見つめた。


「……は、い」

もう、逃れられない。二人の男のもたらす淫靡な世界で、佳樹は鳴く、哀れな奴隷だった。

ただし、囚われたのはいったいどちらになるのか。

それはまだ、わからなかった。誰にも。

§終

手元の携帯端末の映像をチェックして、俺はそれを英一さんにも見せた。

映像の中でヒイヒイ泣いて、いや、鳴いているのかな？　その男の様子に、英一さんはいい気味だとでもいうように鼻を鳴らしている。

いい気味、というのは言いすぎかな？　俺ならともかく、英一さんが口にすることはまずない言葉だし。

　でもまあ、ざっくりと今の心理を説明するのには便利な言葉だ。

　黒田が送ってくれた映像に映っていたのは、散々佳樹にちょっかいをかけてくれた例の先輩、丹沢という男なのだしね。

　映像の中で、丹沢は複数の男たちによって雌化されていた。ノンケの男を強姦するのが大好きな、その手の趣味を持つ裕福な人間が利用する倶楽部に放り込んだ結果が、この映像だった。

　まあ、正確には元ノンケなのかな？　佳樹のフェロモンに当てられて、あんなことをしてきたのだから、そもそもそっちのケがあったのだろうけど。

　雌犬になってヒイヒイ鳴いている映像もばっちり撮ったし、これでこの男も二度とこちらに手出しはしないだろう。

「相手の姿が特定できないように編集して、映像をこの男にも送っておいてくれ。せっかくの処女喪失の映像なんだ。この男も欲しいだろう」

　嗜虐的な眼差しをして、英一さんが言ってくる。少しだけ、俺は苦笑した。

　まっとうな男が、自分の処女喪失の映像なんて喜ぶわけがない。むしろ、見た瞬間に傷が抉られて、震え上がるんじゃないかな。

　でも、しようがないか。佳樹にあんなことをした男なのだから、英一さんの怒りを向けられてもやむをえない。

　俺だって、気に入らない気持ちはある。

　承知の上で弄らせるのは楽しいんだけどなぁ。

　今日だって、丹沢に見せつけながら佳樹を嬲るのは、本当に楽しかった。

「効果音にタイトルもつけて、送っておくよ。先輩のおかげで、佳樹もやっと堕ちてくれたからね」

　英一さんが腰かけているベッドには、佳樹が正体を失くして寝入っている。

　公園で、それぞれ一度ずつ挿入して、マンションに帰ってからも複数回、俺たちが満足するまでセックスしたから、すっかり疲れきったのだと思う。

とはいえ、やっぱり男だから、体力がある。最後まで俺たちの欲望に付き合えるのだから、本当にいい奴隷だ。

俺なんかはそう思うのだが、英一さんはなんだかんだで佳樹にはやさしい。頬を撫でながら、

「明日は、ゆっくり寝かせてやったほうがいいな」

なんて、言っている。今日は公園だけでなく、マンションに戻ってからも一度、潮吹きしたから、ご満悦なんだろうな。

深夜のテラスで、外からもよく見えるようにテーブルに乗せた状態で大股開きさせて挿入されたのがよほどよかったのか、佳樹ときたら泣きながら、両手で顔を隠して、ペニスから潮吹いちゃったもんなぁ。いやいや言いながら腰を振ってるのが、もう最高だったよ。

思い出したら、また股間が熱くなってきたな。佳樹は寝入っているけど、できないかな？

そう思って佳樹を見やると、英一さんが眉をひそめて俺に視線を向けてきた。

「まだヤりたいのか」

呆れた口調って、ちょっとひどくない？　英一さんだって、佳樹でエロいことするのが好きなくせに。

俺はそれまで腰かけていたソファからベッドに移動して、佳樹の布団を捲った。

ベッドの上の佳樹は全裸だ。パジャマを着せてもよかったのだけど、せっかく自分の立場を受け入れたのだ。俺たちの可愛い羞恥奴隷らしく、しばらく裸で生活させて、恥ずかしがる佳樹を堪能したい。

寝入っている佳樹の果実は、もうおとなしい状態になっている。

まあ、散々射精させたし、潮吹きまでやらせちゃったから、さすがに元気も出ないだろう。

でも、肌のあちこちには英一さんと二人でつけたキスマークが、花びらみたいに散っているし、乳首

なんてまだ赤く腫れて、女の子みたいに可愛いまま
だ。男の乳首なのにエロ可愛いって、すごいよね。

さすが佳樹。

　脚を胸につくように押し広げて、英一さんと代わる代わるペニスで苛めた後孔も、乳首みたいに赤く腫れている。少しぷっくらとしているのが、またエロかった。見ているだけで、興奮してきた俺の股間が、準備万端な状態になってしまう。

「季之……」

　咎めるように、英一さんが名前を呼んだけれど、なんか今夜はいつもより俺も興奮してるんだよなぁ。佳樹がやっと堕ちてくれて、それが嬉しいのかな。

　でも、俺だけが平常心でないのがちょっと癪で、わざと煽るみたいに笑ってやった。

「なんだよ。英一さんは、佳樹が会社を辞めるのが、嬉しくないのかよ。俺は嬉しいなぁ。これで、好きな時に佳樹で遊べる」

「嬉しい……か。まあ、そうだな」

　肩を竦めた英一さんが、佳樹へと視線を移した。甘い？　……違うな。嗜虐的な愉悦が、英一さんの目には浮かんでいる。

　煽りすぎたか。

「これでもっと……佳樹をいたぶれる。今以上の辱めを受けて、どんな姿を見せてくれるか……楽しみだ」

「えーと……それは、俺も楽しみだけど、ちょっと恥ずかしい思いをさせるだけでも、佳樹はいい反応をしてくれると思うよ？」

　イジメすぎないでね、くらいの気持ちで軽く釘を刺してみたけど、おせっかいだったかな。

　英一さんはフッと唇の端だけで笑って、俺の手から佳樹の脚を取り戻してしまった。綺麗に横たえて、布団をかけてしまう。

「だから、佳樹を本格的に堕としたのだが？　これほどわたしたちの性癖にピッタリ嵌まった奴隷はいない。大事に可愛がってやる……叶うなら一生、な。

おまえもその気持ちなのだろう？」

「う……それは、まあ」

ヤバい、弄りすぎたか。今度は逆に、こちらの本心をつくような言葉を言われてしまった。

俺は降参の意を示すために、両手を上げた。やっぱり、今夜の俺は浮かれているようだ。

そんなふうに思わせた佳樹にも、降参だ。

初めて会った時には、見た目はどこにでもいる普通の男にしか見えなかったのに、俺たちの手で性癖を暴かれて、ずいぶん印象が変わった。色気があるかないかは、容姿の良し悪しとは関係ないとはいえ、眠っていても漂うこのフェロモンはどうだろう。

もっとも、佳樹のすべてを味わうことができるのは、英一さんと俺だけだ。

だけど、もし——。

「……ねぇ、佳樹に飽きたら、勝手に放流したりしないでよ。英一さんがいらなくても、俺が欲しいし」

「そんな心配……。わたしよりも、飽きっぽいおまえのほうが危ないのじゃないか？　ここまで性癖にぴったり嵌まる奴隷に、わたしが飽きることはそうないだろうが」

そう言って口元だけで笑う英一さんと、見えない火花が少しだけ散る。

ただ、心地いい刺激だ。英一さんのことは同好の士として尊重しているが、馴れ合いたいわけではない。

きっとそれは、英一さんのほうでも同じだろう。だからこそ、二人で同じ奴隷を共有できる。

さて、どちらがより、佳樹を悦ばせることができるだろうか。

ようやく生活のすべてを独占できた奴隷（恋人）を間に挟んで、俺も英一さんもにこやかに微笑み合った。

これからまた、新しい楽しみが始まる——。

終わり

あとがき

こんにちは、いとう由貴です。今年の夏はなんだかものすごく猛暑の予感がいっぱいですが、この本が発売される頃、実際はどうなっているのでしょう。あまり頻繁に四十度超えが発生しないことを願ってます。

さて、かなり間があきましたが、『秘蜜』続編、いかがでしたでしょうか？

相変わらずのひどい男たちの話を楽しんでいただけると嬉しいです。「そこに愛はあるんか」と言われてしまいそうな三人なのですが、そこはかとなーく愛はあるというつもりで書いております。ええ、性癖から始まる愛ですが。

もう少し目に見える愛の形は、この先、さらに堕ちてきた佳樹が、英一や季之の佳樹を必要とする強い思いを感じることによって発生してくるのではないかなー、なんて思ってます。そうなるといいね、佳樹くん。

と、励ましたところで、いろいろとお礼を。

まず、今回のイラストを描いてくださった石田恵美先生。いろいろと難しい状況の中、お引き受けくださり、感謝の気持ちでいっぱいです。希望以上の素晴らしいイラストで、担当様と二人、ドキドキいたしました。ありがとうございました！

それから、担当様。なんか本当に……すみません。わりとダメ人間なものでして、なんか、もう、謝罪の言葉もない体たらくでして。ほんの少しでも真人間に近づけるように頑張りたいです。

そして、この本を読んでくださった皆様。いろいろと大変な世の中ですが、これを読んでいる間だけでも憂さを忘れ、楽しんでいただけたなら嬉しいです。良い気晴らしになれますように。

最後に、前作のイラストを描いてくださった朝南(あさなみ)かつみ先生。先生のおかげで、このお話もより多くの皆様に愛していただけました。本当にありがとうございました。天の国で続編も笑っていただけると嬉しいです。

それでは皆様、良い夏をお過ごしください！

いとう由貴

CROSS NOVELSをお買い上げいただき
ありがとうございます。
この本を読んだご意見・ご感想をお寄せください。

〒110-8625
東京都台東区東上野2-8-7　笠倉出版社
CROSS NOVELS 編集部
「いとう由貴先生」係／「石田惠美先生」係

CROSS NOVELS

秘蜜II

著者
いとう由貴

2022年8月23日　初版発行　検印廃止

発行者　笠倉伸夫
発行所　株式会社 笠倉出版社
〒110-8625　東京都台東区東上野2-8-7　笠倉ビル
[営業]TEL　0120-984-164
FAX　03-4355-1109
[編集]TEL　03-4355-1103
FAX　03-5846-3493
http://www.kasakura.co.jp/
振替口座　00130-9-75686
印刷　株式会社 光邦
装丁　Asanomi Graphic
ISBN 978-4-7730-6344-8
Printed in Japan